Ligurien Stories

Die Erweiterung der Textsammlung „Ligurien Stories“ steht im Sinn der vom Herausgeber im Klappentext beschriebenen Zielformulierung auch anderen Autoren offen.

Textzusendung an: ulrichpeine@gmail.com

Für veröffentlichte Texte wird kein Honorar bezahlt.
Alle Erlöse aus dem Verkauf dieses Buches werden als Spende dem Kinderhilfswerk „Terre des hommes“ überwiesen.

herausgegeben von Ulrich Peine

Ligurien Stories

20 Geschichten von der italienischen Riviera

Herausgeber:
Ulrich Peine
Mühlenstr. 14
D-58239 Schwerte
ulrichpeine@gmail.com

Bildnachweise:

Titelgrafik: babayuka/shutterstock.com
Seite 13: Clenpat/wikimedia.org CC-BY-SA 3.0
Seite 15: Shutterstock
Seite 17, 23, 26: Davide Papalini/Wikimedia CC-BY-SA 3.0
Seite 40: Joergsam/Wikimedia CC-BY-SA 3.0
Seite 48: Carlo Dell'Orto/Wikipedia CC-BY-SA
Seite 53: Davide Papalini/Wikimedia CC-BY 2.5
Seite 58: Bundesarchiv, Bild 183-R14433 CC-BY-SA 3.0/Wikimedia Commons
Seite 64: Terensky/Panoramio/Wikimedia CC-BY-SA 3.0
Seite 65, 123: Twice25&Riniana25 CC BY 2.5/Wikimedia
Seite 67: William Domenichini CC-BY-SA 3.0 Wikimedia
Seite 69: Pimlico27/Wikimedia CC BY-SA 3.0
Seite 73: Jukka1/Flickr+Wikimedia Commons CC-BY 2.0
Seite 75: Esculapio/Wikimedia CC-BY-SA 3.0
Seite 83: Gabriel Rinaldi/Wikimedia CC BY-SA 4.0
Seite 90: Christian von Montfort (Symbiosus) CC-BY-SA 3.0/Wikimedia
Seite 95: Pixabay
Seite 97: villamania/Panoramio CC-BY 3.0
Seite 107: Pixabay
Seite 119: Vignaccia76/Wikimedia CC BY-SA 3.0

Inhalt

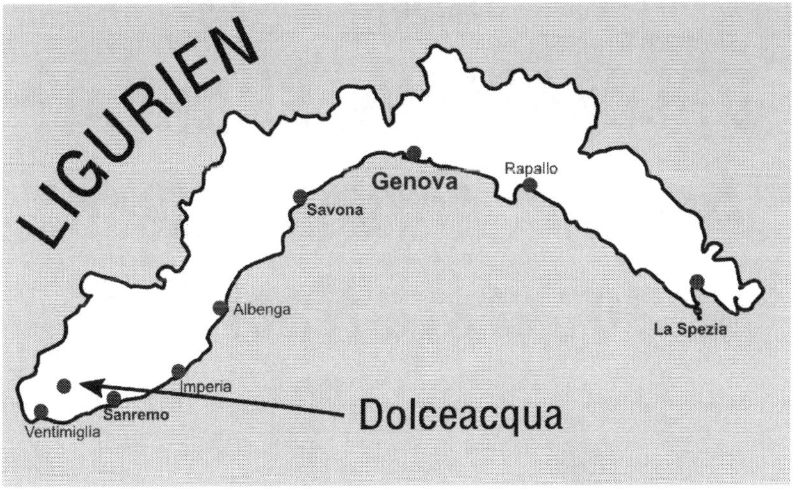
LIGURIEN
Genova
Rapallo
Savona
Albenga
La Spezia
Imperia
Sanremo
Ventimiglia
Dolceacqua

(Ulrich Peine)

DOLCEACQUA: Skandal? Adeliger fordert „Recht auf erste Nacht"!

Das geschah tatsächlich vor kurzer Zeit in Dolceacqua, dem idyllischen Städtchen im Hinterland von Ventimiglia, in der Burg des Markgrafen:

Mit vor Wut bebender Stimme wies der Herrscher seine beiden Burgwachen an: „Führt mir umgehend dieses unverschämte Bauernmädchen Lucrezia zu! Mir ist zu Ohren gekommen, dass diese heimlich und ohne mein Einverständnis diesen Bauerntölpel Basso geheiratet hat. Ha, die glauben wohl, mich um mein angestammtes „Recht auf die erste Nacht“ mit ein jeder Braut in meinem Herrschaftsbereich betrügen zu können! Das werden wir zu verhindern wissen. Eilt und zwingt Lucrezia in mein Schlafgemach! Der werde ich es schon zeigen!“

„Ius Primae Noctis, Szene 1, Klappe 3, Schnitt!“ rief der Regisseur dem Kameramann zu.

„Die Szene haben wir im Kasten!“

Gott sei Dank! Alles nur ein Film!

Tatsächlich, keine junge Braut in Dolceacqua muss die Wiedereinführung dieses barbarischen Gesetzes fürchten.

Wie die hier in Ligurien sehr bekannte Wochenzeitung „La Riviera“ berichtete, wollen der junge Filmemacher Andrea Iaconda und die Kulturinitiative „Artisti Liguri Indipendenti“ die traurige, aber wahre Geschichte des jung verheirateten Paares Lucrezia und Basso aus dem 14. Jahrhundert mit ihrem an Originalschauplätzen gedrehten Film in Erinnerung rufen.

Wie die Geschichte weitergeht?

Also, Lucrezia wurde tatsächlich mit Waffengewalt dem Tyrannen vorgeführt, wehrte sich aber so heftig, dass dieser sie aus lauter Wut in sein dunkles Burgverlies warf. Wo sie vor Hunger und Durst starb!

Verzweifelt ob des Schicksals seiner geliebten Frau beschloss Basso, sich zu rächen.

In einer dunklen Nacht – auf einem Karren unter Stroh versteckt – gelangte Basso in die Burg des Herrschers.

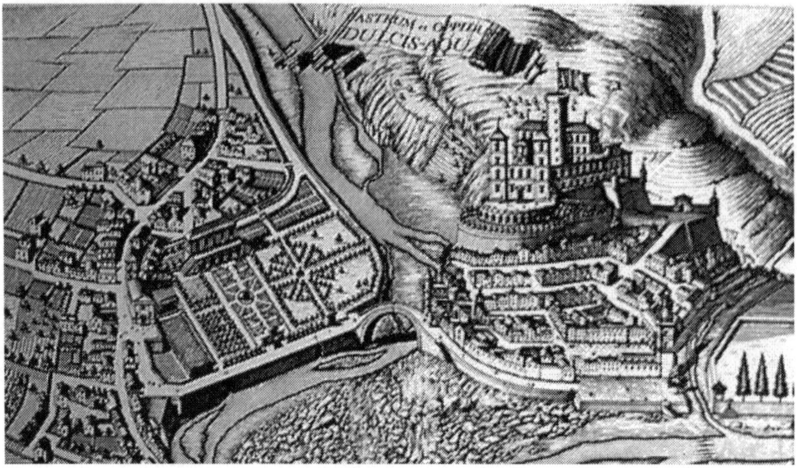

Leise schlich er sich ins Schlafgemach des Fürsten. Dieser wachte in seinem Bett auf, denn er spürte den Dolch Bassos an der Kehle.

„Bitte töte mich nicht! Räche dich nicht an mir!“

„O nein,“ sprach Basso, „ich werde mein Seelenheil nicht für dich aufs Spiel setzen. Aber glaube mir, du wirst dein Bett nicht lebend verlassen, wenn du jetzt nicht tust, was ich von dir verlange.“

Und so geschah es! Der Fürst musste ein Schriftstück aufsetzen, in dem er erklärte, auf das archaische " Recht der ersten Nacht " in Zukunft zu verzichten.

Alle Einwohner Dolceacquas freuten sich über den Sieg, den Basso über den verhassten Fürsten erzielt hatte. Besonders natürlich die Frauen!

Sie beschlossen ein großes Freudenfest zu feiern, auf dem sie auch ein neues Gebäck zu Ehren und zur Erinnerung an Lucrezia anbieten wollten.

Als sie nun nach der richtigen Form dieses Gebäckstückes suchten, erkannte eine der durchaus drastischen Bäckerinnen plötzlich in einer der Teigformen die Andeutung des weiblichen Geschlechtes. „Das ist, was er wollte, aber nicht bekommen hat. Das nennen wir „Michetta!“

Und so wird nun Jahr um Jahr in Dolceacqua Mitte August das „Fest der Michetta“ gefeiert.

Und wie gut schmecken die „Michette“, die man auch außerhalb der Festtage in den Bäckereien Dolceacquas bekommen kann!

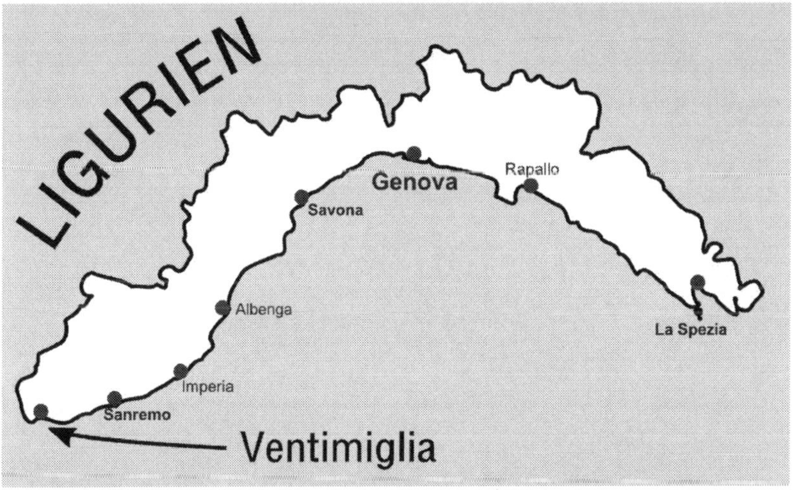
LIGURIEN
Genova
Rapallo
Savona
Albenga
La Spezia
Imperia
Sanremo
Ventimiglia

(Ulrich Peine)

VENTIMIGLIA: Ein Stück vom Kuchen abgeben?!

Natürlich kann niemand, der zur Zeit an den europäischen Mittelmeerküsten Urlaub macht, die Zeichen einer der schwierigsten Herausforderungen unserer Zeit übersehen: die Flüchtlingskrise!

Überall sieht man sie: die stoisch in Gruppen wartenden junge Männer an den Bahnhöfen, die illegalen Verkäufer auf den Märkten, die ambulanten Straßenverkäufer in den Restaurants und Bars…

Die Karikatur des Grafikers Pfohlmann macht deutlich, worum es geht: auch sie wollen ein Stück vom Kuchen abhaben. Das geladene Gewehr ist keine Übertreibung – wie man an fast allen Grenzübergängen, so besonders auch hier an der italienisch-französischen Grenze bei Ventimiglia und Menton, erfahren muss. Aber ist das die Lösung?

Ventimiglia ist Liguriens Grenzstadt zu Frankreich. Man kann sich vorstellen, dass die kleine Gemeinde mit knapp 25.000 Einwohnern einige Energien aufwenden muss, um die große Zahl der hier strandenden Asylsuchenden zu organisieren.
Ventimiglia gefällt mir besonders als ein immer geschäftiger und lebhafter Ort mit typischen Bars, guten Restaurants und preiswerten Geschäften.
Obwohl von vielen Touristen aus aller Welt, freitags am berühmten Markttag besonders von Franzosen frequentiert, ist hier die Grundatmosphäre immer typisch italienisch geblieben.Ventimiglia lebt auch ohne Tourismus!

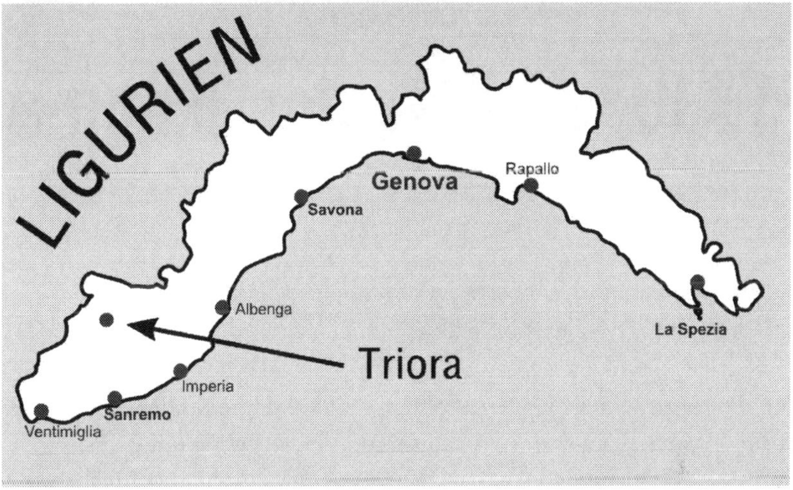
LIGURIEN
Genova
Rapallo
Savona
Albenga
La Spezia
Triora
Imperia
Sanremo
Ventimiglia

(Ulli Breor)

TRIORA: Biaggios Trauma

Biaggio Verando Cagna steigt langsam die Gassen seines Heimatortes Triora empor. Mit seinen 85 Jahren fällt es ihm zunehmend schwer, sich von seiner Holzcantina die Stufen der Via del Ponte zu seinem Haus zu schleppen.Und dann bei diesem Schnee! Es ist ja auch wieder einmal ein besonders strenger Winter, ein Winter so schlimm wie damals 1587, ein Winter, der alles verändert hatte! „Weg mit den Gedanken daran", murmelt er vor sich hin.

Denn trotz der Mühsal seines hohen Alters und der schrecklichen Erinnerungen hat der alte Biaggio seinen Lebenswillen noch nicht eingebüßt. Er freut sich auf den Abend am knisternden Feuer mit einem großen Becher Tee. Die Kräutermischung dazu hat er sich als ehemaliger Farmacista des Ortes nach einem seiner Spezialrezepte selbstverständlich selbst zusammengestellt. Ja, ja, seine Kräuter würden auch in diesem Winter seine nachlassenden Kräfte stärken!

Nun, gegen die Alterserscheinungen der Menschen hatte er immer etwas tun können, aber es gab Dinge, gegen die kein Kraut gewachsen war – nichts konnte die Erinnerungen an die furchtbaren Ereignisse dieser Zeit vertreiben. Er konnte tun, was er wollte.

In seinem kleinen, aus Bruchstein erbauten Haus angekommen, versorgt Biaggo die schwache Glut im Kamin. Die Flammen verzehren das aufgelegte Holz, sie breiten sich aus, schlagen höher und höher.Und da sind sie wieder, die furchtbaren Bilder. Er hört Menschen schreien, sieht Blutlachen auf dem Boden der Piazza und riecht den Geruch von verbranntem Fleisch. Die verzweifelten

Hilferufe lassen ihn nicht mehr los. Er weint bitterlich. Seit 45 Jahren schleppt er dieses Trauma nun mit sich herum.

„Ja, so ist das eben," schluchzt Baggio „nur noch wenige erinnern sich an die Geschehnissen von damals. Und wer noch etwas weiß, spricht nicht mehr darüber." In solchen Stunden fällt dem alten Mann alles wieder ein.Seine Gedanken überschlagen sich. Immer wieder…!!!

Damals war er 40 Jahre alt gewesen. Und es ging ihm gut in seinem Dorf. Seine kleine Farmacia konnte ihn ernähren, zumal er auch noch einen Gemüse- und -Kräutergarten hatte. Alle kamen sie zu ihm -mit ihren Wehwehchen, Blessuren und auch ernsthaften Erkrankungen! Obwohl er ihnen sicherlich seltsam vorkam. Denn er war schon ein Sonderling, so ohne Frau und Kinder! Und überhaupt, diese fixe Idee mit der heilenden Kraft der Kräuter! Auch hatte er doch eigenartige Ansichten aus fernen Ländern mitgebracht, als er nach längerer Abwesenheit aus der Levante in die kleine Stadt zurückkam. Schon oft hatte es deswegen laute Auseinandersetzungen mit dem Pfarrer gegeben. Aber seine Kräutermedizin konnte viele Krankheiten heilen. Und so kamen sie doch, die Leute aus Triora und Umgebung. Bis zu jenen Tagen!

Damals waren die Winter plötzlich grausam hart geworden, viel härter als sonst und auch bedeutend länger. So kam es allen wenigstens vor! Aber ohne Zweifel – die letzten Winter waren wirklich besonders schlimm gewesen. Das sagten auch die Alten im Dorf! Solch eine anhaltende Kälte hätten auch sie noch nicht erlebt. Dieser furchtbare Frost, der alles im Dorf erstarren ließ!

Aber noch schrecklicher war der Hunger. Zunächst hatte er nur die Armen getroffen, aber mehr und mehr hatten auch die wohlhabendere Leute zu leiden.

Die Sommer waren nasskalt gewesen, so dass viele Kornähren schon am Halm verfault waren. Die Ernten waren entsprechend schlecht gewesen. Schon über Jahre ging das nun so. Der Preis für Brot war ins Unerschwingliche gestiegen und an Fleisch war für die meisten überhaupt nicht mehr zu denken! Dazu kam, dass im Jahre des Herrn 1579 auch noch die Pest ausgebrochen war.

Natürlich war es richtig gewesen, dass die Behörden deshalb alle Ortschaften verpflichtet hatten, ihre Straßen zu bewachen, damit kein Fremder die tödliche Krankheit einschleppen konnte. Auf jeden Fall musste das Eindringen der Seuche verhindert werden! Kein Unbekannter sollte auch nur in die Nähe der Dörfer und Städtchen kommen.

Das wiederum hatte den Handel mit Nahrungsmitteln fast unmöglich gemacht. Die Vorräte waren verbraucht. Sogar die letzten Zugtiere waren geschlachtet worden. Der Hunger war unerträglich und die Menschen litten. Man aß alles: verfaultes Fleisch und verwesenden Fisch, gekochtes Gras, Mäuse sowie Katzen und Hunde. Es kam zu Krankheiten mit hohem Fieber und grausigen Blutflecken. Davon hatte niemand im Dorf bisher auch nur gehört! Die Kindersterblichkeit war unendlich angestiegen.

In diesem Klima der bittersten Not gediehen natürlich Aberglaube und Zwietracht. Wer war verantwortlich für dieses Elend? Hatte Gott hatte sich von den Menschen abgewandt? Oder waren da dunkle Kräfte im Spiel? Wer und wo waren diese unheilvollen Mächte im Dorf? Der Argwohn unter den Dorfbewohnern wuchs, niemand vertraute noch dem Anderen. Zu ihm, dem früher doch so anerkannten Heiler, kamen schon seit einiger Zeit kaum noch Hilfsbedürftige. Warum? Man tuschelte jetzt über ihn und seine Mixturen aus Kräutern und dubiosen Essenzen. War er doch im Orient gewesen – bei den Muselmanen! Wer weiß, ob er nicht Exkremente und abgeschnittene Körperteile in seine Tinkturen mischte. So etwas war denen, den Muselmanen-Freunden, allemal zuzutrauen! So dachten nun viele Leute! Und mit dem Dorfarzt Lucillo hatte sich Biaggio auch schon zerstritten, weil ihm dieser Quacksalberei vorgeworfen hatte. Ausgerechnet der! Nein, bei ihm kauften sie nicht mehr!

Der alte Mann legt ein weiteres Holzscheit in das Feuer. Die Wärme tut ihm gut. Nicht nur gegen ihn hatte sich die feindliche Stimmung im Dorf gerichtet, erinnert er sich.

Inzwischen war auch diese kleine Gruppe von Frauen ins Visier einiger Männer geraten: trafen sich diese Weibsbilder nicht täglich am Waschplatz und schwatzten so geheimnisvoll? Es gab so einige, die den Frauen alles mögliche, unmoralische Teufelszeug andichteten. Daher musste das Unglück doch kommen! Die Leute suchten nach Gründen für ihr Elend!
Sie forderten von den Stadtoberen klärende Auskunft und Erlösung von dem Übel.Und diese gerieten aufgrund ihrer eigenen Unkenntnis immer mehr unter Druck. Biaggio wusste das. Schließlich hatte er gesehen, wie selbst der sich sonst so schlau gebärdende Gemeindevorsteher Stefano Carrera den bohrenden Fragen der Bevölkerung ausgewichen war. Lange konnte das nicht gut gehen! Irgendwer ist schließlich immer der Böse im Land!
Und so verwunderte es Biaggio auch nicht, dass auf einmal Gerüchte über höhere, böse Mächten im Dorf grassierten. Hexerei solle am Werk sein. Das musste so schnell wie möglich aufgedeckt werden! Es wurde sogar die Summe von 500 Scudi für Hinweise auf praktiziertes Hexenwerk ausgesetzt. Eine hohe Summe für ein wenig Getratsche und ein wenig Verdächtigen! Darüber hinaus hatte Stefano Carrera schriftlich um Unterstützung durch die Heilige Inquisition in Genua nachgesucht. Und damit war der Damm gebrochen!

Biaggio erschauert bei dieser Erinnerung und legt einen weiteren knorrigen Ast in die Glut.

Genua schickte tatsächlich umgehend den Priester Giorlano del Pozzo,der nach einwöchiger Reise im November 1587 in Triora eintraf. Auch Biaggio war damals in der Pfarrkirche gewesen, als der wortgewaltige Gottesmann schon am ersten Sonntag in der Messe gegen alles Verderbte und gegen die Ungläubigkeit donnerte. Das bestehende Elend, auch das der vergangenen Zeiten, wurde als Strafe Gottes benannt. Es wurde still im Gotteshaus und die Menschen blickten verängstigt zu Boden, als del Pozzo Häresie, Unzucht und Hexerei anprangerte, die sich ganz offensichtlich auch hier in der kleinen Stadt Triora ausgebreitet hätten. Es konnte einfach keinen anderen Grund dafür geben, dass Gott die Bevölkerung so grausam strafte. Jeder sei verpflichtet, Meldung über ungewöhnliche und verdächtige Vorfälle zu machen!
Und auf einmal erinnerte sich der eine oder die andere daran, Auffälligkeiten bei dieser oder jener Person und bei jener und dieser Gelegenheit beobachtet zu haben.
So fragte sich der Schmied Carmelo, ob er nicht gesehen hatte, wie die Mazurella letzten Sonntag beim Verlassen der Kirche in das Weihwasserbecken gespuckt hatte.
Oder aber die Rosella! Die konnte darauf schwören, dass ihr Mann von dieser Hure Maria verhext worden sei. Er war doch seit einiger Zeit so nachlässig gegenüber ihr geworden!
So fand ein jeder in den Abgründen seiner Seele einen Menschen, den er verachtete, den er beneidete oder auf den er eifersüchtig war. Und so fiel der Samen des kirchlichen Wortes auf fruchtbaren Boden.
Biaggio ahnte Schlimmes, als man dann auch noch öffentlich dazu aufrief, diese Sünder, Schädlinge und dieses Geschmeiß, die das Wirken Christi mit ihrem schändlichen Tun besudelten, umgehend zu melden. Es seien ja auch die ausgesetzten 500 Scudi noch zur Auszahlung bereit!
Nach der Messe verließen die Menschen die Kirche bedrückt, mit gesenktem Haupt und grußlos. Auf dem Kirchplatz zerstreute sich die Gemeinde schnell und man verschwand in

den Gassen des Dorfes. Biaggio konnte sich noch gut erinnern, dass er noch einige Worte mit der Signora Stella, die ihn beim Verlassen des Kirchplatzes angesprochen hatte, gewechselt hatte. Sie war noch eine der wenigen Bewohner Trioras, die Kontakt zu ihm pflegten. Vielleicht weil sie aus der vornehmeren, gebildeteren und wohlhabenderen Schicht der Bevölkerung stammte, hatte sie sich sowohl das Geld für Medizin als auch die Toleranz für seine Person und seine Lebensführung bewahrt. Biaggio mochte sie.Mehr Kontakt hatte er allerdings nicht in die Kreise um die Signora. Er blieb lieber für sich und bei seinen Studien der Pflanzenkunde und Botanik.

Biaggio nimmt einen tiefen Zug aus seinem Becher. Er erinnert sich.

Ja, die Pflanzenkunde, das war sein Leben gewesen. Damals war er auf einem Schiff der Genueser Handelsflotte als einfacher Matrose angeheuert, hatte sich dann aber nach einem Streit mit dem Kapitän abgesetzt und mehrere Jahre in Syrien und Ägypten aufgehalten. Dort war er mit dem großen Werk des im Orient berühmten Ibn al-Baitar in Kontakt gekommen. Für ihn war dessen Buch mit der Beschreibung von über 1.400 Pflanzen und den daraus zu gewinnenden Rezepturen die Grundlage seines zukünftigen Berufes geworden. Das, was über die Klöster verbreitet wurde, war nichts im Vergleich zum Lebenswerk dieses großen Mannes. Dieser Mensch , der ja seit mehr als dreihundert Jahren tot war, wurde sein großes Vorbild. Ihm eiferte er nach. Immer mehr vertiefte er, ja verkoch er sich in das Studium der Heilpflanzen und der daraus gewonnenen Drogen. Mag sein, dass er sich so zu einem Sonderling entwickelt hatte. Aber das war nun einmal sein Leben geworden.
Nun, Signora Stella war schon lange seine Patientin. Heimlich! Denn der Doktor Lucillo wollte – wohl auch um des eigenen Vorteils Willen – besonders die zahlungskräftigen und

hochgestellten Kranken nicht an solch einen „Quacksalber“ wie ihn verlieren.

Biaggio schmunzelt: natürlich waren damals viele Hilfsbedürftige immer noch zuerst zu ihm gekommen. Und nicht zu diesem Scharlatan Lucillo! So wie die Signora Stella! Der Tee tut gut,denkt er.

Signora Stella litt an Gliederschwamm und hatte ihn aus diesem Grund damals auf dem Kirchplatz flüsternd gebeten, für sie noch einmal diese lindernde Salbe gegen Gelenkschmerzen anzusetzen. Sie gingen deshalb zügig die schmale Gasse zu seinem Haus hinunter. Dabei unterhielten sie sich über die gerade gehörte Predigt. Signora Stella teilte Biaggios Befürchtungen, dass der Aufruf zur Denunzierung verheerende Folgen haben könnte: solange Krankheiten und Naturereignisse als Strafe Gottes oder Werk des Teufels gesehen wurden, musste es nach der christlichen Logik auch Menschen geben, die dies zu verschulden hatten oder Gott erzürnt hatten.

Aber er – Biaggio – hatte mit seinem geschärften Beobachtungssinn andere Zusammenhänge entdeckt: welche Folgen hatten wohl die katastrophalen Lebensbedingungen bei den Ärmsten der Armen? Dort unten im Dorf wohnte man ohne Wasserstelle in engsten Verhältnissen mit vielen Familienangehörigen, dem Vieh und den Ratten unter einem Dach. In der Fleischergasse stank es bestialisch nach verfaultem Fleisch. Die Blut- und Schleimreste sickerten in den Boden. Und das Trinkwasser kam aus dem Brunnen ganz in der Nähe! Aber darüber durfte man nicht sprechen und vor allem nicht die Worte der Kirche anzweifeln. Insofern waren Biaggio und Signora Stella sehr darauf bedacht, von niemandem gesehen und gehört zu werden. Der kleine Tiegel mit der Salbe wechselte daher schnell in die Hände der Signora – in dem Moment, als oben im zweiten Stock des Hauses eine

Diele knarrte. Hatte sie jemand belauscht und heimlich beobachtet?Biaggio hatte nicht sofort nachgeschaut. Das war vielleicht einer der größten Fehler seines Lebens gewesen.

Der alte Mann nimmt einen weiteren Schluck seines köstlichen Kräutertees .Doch auch der vertreibt nicht seine Schuldgefühle. Hätte er doch damals nachgeschaut! Aber er hatte nicht damit gerechnet, dass die Volksseele schon so vergiftet war.

Am darauffolgenden Tag sollte eine Zeit des Schreckens und Grauens beginnen,die sich niemand auch nur in den schlimmsten Träumen hätte vorstellen können. Diese Zeit würde Liebende entzweien, Familien zerstören und Freundschaften auslöschen. Es sollte die grausigste Zeit des Dorfes und der ganzen Region werden.Die Menschen würden noch mehr als ein halbes Jahrhundert danach daran denken.

Er hatte sich schon am frühen Morgen aufgemacht, um Kräuter zu sammeln und ein wenig Holz zu suchen.Da Biaggio dafür in den Olivenhain gehen wollte, musste er durch das Dorf. Auffällig, dass schon so viele Leute in die Pfarrei und zum Amt gingen oder auf der Piazza warteten. Die meisten von ihnen wirkten verschüchtert. Einige hatten ihr Gesicht tief im Mantel vergraben, mit hochgeschlagenem Kragen.
Ab der Mittagszeit sah man dann den Richter in Begleitung des Priesters del Pozzo und einigen Häschern, die man diesem aus Genua mitgegeben hatte, durchs Dorf streifen. Nach kurzer Zeit waren schon zwanzig Frauen verhaftet worden und schnell wurden es vierzig. Denn auch in den naheliegenden Dörfern war Hexerei und Zauberei gemeldet worden. Auf so viele Personen war natürlich das Gefängnis nicht eingerichtet. Und so wurden kurzerhand Privathäuser, deren Kellergewölbe und Dachgeschosse in Gefängnisse umgewandelt.Eines dieser Häuser war das Ca` de Baggiure.
Das ganze Dorf war in Aufruhe und es wurde viel getratscht und getuschelt.Jeder hatte etwas gesehen oder gehört.Aber neben Furcht war auch Erleichterung darüber zu spüren, dass nun endlich,endlich etwas passierte. Denn so konnte es ja nicht weitergehen. Ganz groß das Wort führte der Unterpräfekt Garlindo: er sei sehr froh, dass nun endlich hart durchgegriffen würde. Er hätte es doch immer gewusst, dass es da am Brunnen nicht mit rechten Dingen zugegangen war. Die Frau des Barbiers, die alte Bettlerin Franca, die Schwester des Fleischers und noch zwei weitere weibliche Subjekte hatte er höchst persönlich beobachtet, wie sie sich dort doch sicherlich zu einer Hexerei verabredetet hatten. Und tatsächlich hatte auch jemand die Francesca um Mitternacht auf dem Besen reiten gesehen. Die alte Franca hatte den bösen Blick, das wusste jeder. Sie hatte es doch immer den jungen Frauen geneidet, dass diese Kinder hatten. Sie selber war ja zeitlebens kinderlos geblieben. Man wusste auch von einer jungen Frau, die im Kindbett gestorben war, nachdem sie Kontakt mit dieser

alten Hexe hatte. Das passte alles zusammen, denn so einer wie der Francesca schenkt Gott keine Kinder. Vermutlich war sie auch am Tod vieler Kinder beteiligt. Endlich konnte das auch mal gesagt werden und hatte entsprechende Folgen. Und dass die schöne Mazurella Unzucht mit dem Teufel trieb, war doch sowieso schon lange bekannt. Dabei hatte sie doch so einen netten Verlobten!

Biaggio schürt das Feuer im Kamin. Ja, so war das damals gewesen! Er war dabei gewesen!

Unter den weiteren Angeschuldigten waren auch vier junge Mädchen und ein kleiner Junge. Die Denunziationen machten vor niemandem halt. Sogar Mitglieder einflussreicher Familien und selbst Adelige wurden denunziert und verschleppt. Das war kein Wunder, denn es gab so manche, die miteinander ein Hühnchen zu rupfen hatten. Hass, Neid und Missgunst taten in den kommenden Monaten ihr Übriges. Und so verschwanden viele in Verliesen und Kellerräumen.

Voller Scham erinnert sich Biaggio, dass auch er sich aus lauter Furcht vor der Inquisition von diesen Orten ferngehalten hatte.

Aber dennoch musste er eines Tages am Haus des Böttchers Alfredo vorbeigehen. Es war seltsam still im Haus gewesen. Nur hinter dem Tor der Werkstatt vernahm Biaggio ein Wimmern und Stöhnen. Was ging da vor? Ihn überkam ein seltsames Gefühl von Neugier und Furcht. Also ging er näher heran. Und nun konnte er die sonore Stimme des Priesters del Pozzo erkennen. Aber was sprach der da? Er hörte Wortfetzen aus Gebeten, Beschwörungen, aber auch Beschimpfungen und Beleidigungen. Und dann war da auch dieses Jammern und Wehklagen. Durch einen Spalt in der Tür konnte Biaggio erkennen, was ihm schier den Atem verschlug – eine

Frau ,welche nur spärlich mit einem Hemd bekleidet und an Händen und Füßen gefesselt war. Man hatte sie an einem Seil hochgezogen, so dass die Füße nur eben den Boden berührten. Daneben stand einer der Häscher der Gemeinde mit einer Rute und prügelte auf die arme Seele ein. In diesem Moment fiel ein Lichtschein auf das Gesicht der Frau und Biaggio wich erschrocken zurück. Nein, nein… das konnte doch nicht wahr sein! Das war Signora Stella!!! Das Hemd der armen Frau war bereits am Rücken zerrissen und blutverschmiert. Die Haare hingen ihr wirr ins Gesicht. Biaggio starrte gebannt und fassungslos auf das Folteropfer. Er erschrak gewaltig, als der nächste Hieb niederging. Die Signora stöhnte markerschütternd auf. Was konnte ihr denn vorgeworfen werden? Alle wussten doch, dass sie ein redliches Leben führte. Die Angst kroch in ihm hoch und er hörte, wie der Priester immer wieder rief: „Gestehe, gestehe Sünderin, dass

du mit dem Apotheker Unzucht getrieben hast und dafür seine Teufelssalbe geschenkt bekommen hast."
Es war wie ein böser Traum. Biaggio rannte von panischer Angst getrieben davon. Die Furcht vor seiner eigenen Verhaftung nahm Besitz von ihm.
Schon kurze Zeit später wurde gesehen – so erzählte man später –, dass zwei Söldner der Genueser Regierung den Dorfarzt Lucillo zum Haus des Böttchers gebracht hatten, wo dieser sich ungefähr eine Stunde aufgehalten haben soll. Dass dessen ärztliche Maßnahmen ohne Erfolg geblieben waren, war klar, als die zwei Soldaten einen Leinensack aus dem Hause schleppten und ihn auf den Karren eines herbeigeeilten Schergen warfen. Dieser verschwand umgehend, wurde aber beobachtet, wie er außerhalb des Dorfes in ein abgelegenes Waldstück abbog. Hier wurden schon immer die Selbstmörder und Aussätzigen verscharrt. Und ... das lag nahe, jetzt auch die getöteten Frauen.
Baggio musste Gewissheit haben. Wo war Signora Stella verblieben?
Wie ein Dieb in einen schwarzen Mantel gehüllt, machte er sich am Abend auf den Weg. Auf dunklen Wegen schlich er sich aus dem Dorf, immer in der Angst, entdeckt zu werden. Eine Lampe konnte er nicht mitnehmen, sonst wäre er aufgefallen. Einmal hörte er eine Gruppe junger Leute laut redend in seine Richtung gehen. Blitzschnell drängte er sich noch rechtzeitig in den Eingang einer verfallenen Cantina. Zum Glück war sie nicht verschlossen. Er hockte sich in eine Ecke und warf den Mantel über sich ...und wartete unendliche Minuten, bis die Stimmen kaum noch zu hören waren. Beim Verlassen des Kellers ging im Haus gegenüber ein Licht an. Es hatte offensichtlich jemand eine Öllampe angezündet. Aber am Fenster konnte er keinen Schatten ausmachen und so schlich er sich gebückt weiter. Jetzt musste er nur noch dem alten Nachtwächter Alfonso ausweichen. Aber das machte ihm keine Sorgen, denn der Alte war stocktaub und hatte auch meistens um diese Zeit schon

seinen Nachttrunk genommen. So kam er denn – ohne gesehen zu werden – aus dem Ort hinaus. Jetzt musste er nur noch den Weg in den Wald finden. Am Tage war das kein Problem, aber diese Nacht war stockdunkel und man konnte kaum die Hand vor Augen sehen. Er stolperte über Steine und herabgefallene Äste. Einmal rutschte er sogar in den Abwassergraben. Dann kam er doch an diesen grausigen Ort. Er konnte schemenhaft die ausgehobene Grube sehen. Nun kam es darauf an, die Nerven zu behalten. Sein Herz schlug bis zum Hals. Er ließ sich hinuntergleiten und sah den Sack, in dem sich ganz offensichtlich ein menschlicher Körper abzeichnete. Man hatte nachlässig bereits etwas Kalk darüber geworfen. Baggio fingerte in den Taschen nach dem mitgeführten Messer. Und dort, wo er den Kopf des Leichnams vermutete, schlitzte er das grobe Gewebe auf. Vorsichtig öffnete er den Spalt und zog den Stoff beiseite. Er sah in das bleiche, aufgequollene Gesicht einer Frau. Obwohl es durch die Tortur sehr stark verunstaltet war, konnte er doch die Züge der Signora Stella erkennen. In diesem Moment überwältigte ihn die Trauer und er weinte bittere Tränen. Er rannte nach Hause und verließ das Haus tagelang nicht – immer in der Furcht, auch verhaftet zu werden.
Niemand sprach über das Verschwinden der Signora. Biaggio hatte zwar versucht, den Dorfarzt Lucillo, der ja bei der strengen Anhörung im Haus des Böttchers zumindest eine gewisse Zeit anwesend gewesen war, anzusprechen. Aber das hatte in wüsten Beschimpfungen geendet. Lucillo wollte nicht dabei gewesen sein! Niemand wollte etwas gewusst haben! Niemand wollte sich mit der Inquisition anlegen!
Ende März kam es zu einem weiteren Vorfall auf der Dorfpiazza direkt unterhalb der Ca' de Baggiure. In den frühen Morgenstunden hörten die Anwohner des gegenüber liegenden Hauses lautes Geschrei und Gepolter. Danach wurden das Klirren gebrochenen Fensterglases und ein dumpfer Schlag

vernommen. Sofort strömten Menschen zusammen.Man sah auf dem Pflaster des Platzes den leblosen Körper einer Frau liegen, um deren Körper sich schon eine Blutlache gebildet hatte. Die klaffende Wunde am Kopf war nicht zu übersehen.Man wusste, dass es sich bei der toten Frau um die Antonella handelte. Sie war die Köchin des Pfarrers gewesen, bevor sie der Hexerei beschuldigt und verschleppt worden war. Der Menschenauflauf wurde schnell auseinander getrieben, damit die Büttel der Inquisition die tote Frau ins Haus zurückbringen konnten. Für einige war klar, dass Antonella sich aus dem Fenster gestürzt hatte. Oder war sie doch gestoßen worden? Den Gerüchten waren keine Grenzen gesetzt. Die Inquisition hüllte sich in Schweigen. Später wurde bekannt, dass im Dachgeschoß des Hauses Verhöre stattgefunden hatten. Man wolle herausgefunden haben, dass Antonella vom Teufel besessen war, weshalb man dabei gewesen war, ihn ihr auszutreiben.

Biaggio schämt sich aufs Neue bei dem Gedanken an die junge Frau. Auch er hatte nichts getan! Und dieses schändliche Treiben war weiter gegangen. Er erinnert sich an das Schicksal seiner Nachbarfamilie.

Ende März 1588 klopfte es plötzlich an seiner Tür. Er erschrak bis ins Mark. Jetzt holen sie auch mich, war sein erster Gedanke gewesen. „Wer ist da?“ rief er. „Ich bin’s doch, Pino!“, hörte er. Biaggio erkannte die Stimme seines Nachbarn und ließ ihn ein. Dieser zitterte am ganzen Körper.Er sah erbärmlich aus. Pino fiel vor ihm auf die Knie. Er stammelte unter ständigem Schluchzen wirr auf ihn ein. Nur mühsam konnte Biaggio das Wesentliche von ihm erfahren. Sie hatten wohl seine Tochter brutal aus dem Haus gezerrt und der Hexerei beschuldigt. Man hatte sie mitgenommen und Pino wusste nicht, wo sie mit seinem Kind hingegangen waren. Seine Frau

war in Hysterie verfallen. Mehrere Frauen der Nachbarschaft kümmerten sich jetzt um sie. Biaggio konnte den Armen zunächst nur mit einem starken Baldrian-Trunk beruhigen. Er versprach ihm aber, sich am nächsten Tag nach dem Verbleib der Tochter zu erkundigen.
Am nächsten Morgen waren sie beiden dann gemeinsam zum Gemeindehaus gegangen.Dort war man jedoch nicht bereit, ihnen Auskunft zu erteilen.Die beiden Nachbarn versuchten auch zum Gemeindevorsteher vorzudringen, aber der war natürlich nicht erreichbar.
Am Abend traf Biaggio zufällig den Gemeindesekretär Greco, der sich in seiner Cantina zu schaffen machte. Bei ihm war auch der Avocato Benini. Sie diskutierten heftig miteinander und hatten wohl auch schon einige Gläser Wein getrunken. Greco – das wusste Biaggio – hatte schon immer seinen Wein selber gemacht. So konnte er die mageren Zeiten wenigstens mit einem Schluck Wein schön trinken. Unter Berücksichtigung der Mangelernährung hatte der Rosso bereits seine Wirkung gezeigt!
Da Baggio als früher angesehener Mann mit beiden gut vertraut war, war es dem Sekretär und dem Anwalt angenehm, als er sich zu ihnen setzte. Wie überall gab es auch bei ihnen nur ein Gesprächsthema:
Dass die jüngsten Ereignisse solche Ausmaße annehmen würden, hatte niemand für möglich gehalten.Viele Bewohner wandten sich in Kummer und Verzweiflung um Hilfe an ihre Gemeindevertreter.
Besonders stark war der Druck auf sie geworden, als sich unter den Denunzierten auch immer mehr angesehene und adelige Bürger befanden.Einige Gemeindevertreter ruderten wohl schon zurück. Man wollte sich nicht die Finger an dieser Entwicklung verbrennen.Der Avocato war sichtlich betroffen, dass unter den Angeschuldigten viele Mädchen im Reifealter von 11 bis 13 Jahren waren.

Etliche wohlhabende Familien hatten schon Kontakt mit der Regierung in Genua aufgenommen und um mäßigende Einflussnahme gebeten. Das Ganze war offensichtlich – so wie der alte Seebär Sandro es beschrieb – aus den Rudern gelaufen!
Nach einem weiteren Glas erfuhr Biaggio – natürlich unter vorgehaltener Hand –, dass von Genua aus ein weiterer Inquisitor auf den Weg geschickt worden war. Dieser sollte den aktuellen Priester ersetzen und Licht in die verworrene Situation bringen. Es wurde auch bereits der Name des neuen Inquisitors gehandelt. Man rechnete mit der Ankunft von Giulio Scribani im Juni. Und man hoffte, dass dieser den schon seit Mai in der Stadt weilenden, gemäßigten Inquisitionsgeneral Alberto Drago gegen die Fanatiker unter del Pozzo unterstützen würde.Drago bemühte sich schon seit einiger Zeit redlich darum, wenigstens die jungen Leute aus dem Kerker zu befreien.
Man wollte wieder zurückkehren zu einem normalen Leben. Denn über die Monate war es still geworden in Triora. Angst und Misstrauen hatten sich breit gemacht und das Gemeinwesen vergiftet. Feste wurden schon lange nicht mehr gefeiert. Das fröhliche Gelächter der Kinder in den Gassen und das Geschnattere der Frauen am Waschplatz waren verstummt.

Biaggio wird plötzlich sehr müde. Er schließt seine Augen. Er erinnert sich aber ganz klar, dass dann Gott sei Dank die Wende kam.

An einem feuchtwarmen Tag im April war eine große Unruhe zu spüren gewesen. Die Menschen des Dorfes versammelten sich auf der Piazza. Es war bekannt geworden, dass 13 angeklagte Frauen nach Genua in die dortigen Gefängnisse überstellt werden sollen. Das waren schlimme Nachrichten, denn man

wusste: wer dort einmal im Grimaldi – Turm verschwand, wurde niemals mehr gesehen. Es gingen die wildesten Gerüchte um, dass die Gefangenen dort verhungerten, an Misshandlungen starben oder sich mit dem Antonius-Fieber,der Lepra, infizierten und am lebendigen Leibe verfaulten.
An diesem besagten Morgen standen bereits die Ochsenkarren aus Genua bereit, mit denen der Abtransport durchgeführt werden sollten.Von allen Ecken des Ortes wurden gefesselte Frauen aus Kellerkerkern und Dachverschlägen herbeigezerrt. Sie waren alle mehr tot als lebendig, in einem bedauernswürdigen Zustand, alle schwer gefoltert, blutverschmiert und unbeschreiblich schmutzig. Der eigene Kot und Erbrochenes klebte an ihrer Kleidung und verschmierte die Haare. Sie stanken bestialisch und einige konnten sich nicht mehr aus eigener Kraft auf den Beinen halten – die Gliedmaßen gebrochen, die Gesichter von den Schmerzen der Folter verzerrt, am ganzen Körper geschunden von der siebenschwänzigen Peitsche, die von den Folterknechten der Inquisition benutzt wurde.
Aber in diesen grausamen Momenten zeigte sich, dass doch noch ein Funken Barmherzigkeit in den Herzen der Menschen Trioras verblieben waren. Einige junge Männer und Frauen sprangen herbei und halfen den Geschundenen auf Ihrem schweren Weg. Wirklich helfen konnten sie nicht, denn sie wurden sofort von Bewaffneten zurückgedrängt,
Unter Beschimpfungen, Flüchen sowie Schlägen mit groben Knüppeln wurden die armen Seelen zu den Wagen getrieben und wie Vieh darauf geworfen. Es sollte wohl alles sehr schnell gehen, um die Bevölkerung nicht noch weiter zu beunruhigen. Aber wie es so ist, das Ereignis konnte nicht verschleiert werden.
Im weiteren Verlauf des Abtransportes kam es zu traumatischen Szenen: Carlo, der Barbier, erkannte in dem Leidenszug seine Frau. Wie von Sinnen, unter wildem Gebrüll und Wehklagen, bahnte er sich einen Weg durch die Menge.

Doch er wurde von Bewaffneten brutal gebremst und zu Boden geworfen. Dann waren auch schnell drei weitere, grobschlächtige Kerle über ihm und prügelten auf ihn ein. Seine Frau schrie herzzerreißend nach ihm, wurde aber an den Haaren zum Wagen gezerrt und so heftig darauf geworfen, dass sie gleich mehrere andere mit zu Boden riss.
Von der hübschen Francessina war nur noch ein Häuflein Elend übrig geblieben. Auch sie war gefoltert worden,völlig entkräftet und sah mit ihren 25 Jahren schon so alt aus wie eine Greisin.
Als alle verladen waren, setzte sich der Elendszug in Bewegung. Zunächst hörte man noch das Rollen der Karren auf dem Kopfsteinpflaster und das Brüllen der Ochsen unter den Peitschenknallen der Fuhrleute. Dann wurde es immer ruhiger.Es blieb eine Totenstille zurück. Gesprochen wurde nicht mehr viel, einige weinten und langsam löste sich die Schar der Schaulustigen auf.
Der Barbier lag noch bewusstlos auf dem Pflaster.Einige junge Männer nahmen sich seiner an und schleppten ihn nach Hause. Tage später wollte ihn Biaggio zu Hause aufsuchen. Doch das Haus war leer. Die Nachbarn berichteten, dass man ihn seit diesem furchtbaren Tag nicht mehr auf der Piazza gesehen habe. Man habe ihn damals zu Bett gelegt und soweit wie möglich versorgt. Seither wurde er nicht mehr gesehen. Er war einfach verschwunden!
Im Juni des Jahres 1588, an einem denkwürdigen Sonntag, war es dann soweit. Der Inquisitor Scribani kam mit seinem Gefolge und mehreren Bewaffneten an. Man hatte gehofft! Aber es war, als wenn die Vögel an einem schönen Sommertag aufhören wollten, zu singen.
Noch wusste niemand, was kommen würde und wie sich diese Amtsperson verhalten würde. Da der derzeitige Inquisitionsgeneral Drago noch kurz vorher einige der kleinen Mädchen aus den Fängen des fanatischen Priesters hatte retten können, hoffte man nun auf eine allgemeine Entspannung des aufgeheizten Klimas. Für die Mädchen war

es glimpflich ausgegangen: sie wurden lediglich dazu verurteilt, abzuschwören. Dies taten sie natürlich umgehend und konnten zu ihren Familien zurückkehren. Aber bei vielen war durch die Erlebnisse der Folter und Quälereien das Lachen für immer aus dem Gesicht verschwunden.
Vom neuen Inquisitor sollte man schon bald hören. Allen Hoffnungen zum Trotz nahm die Situation noch einmal eine Wendung, mit der niemand – auch nicht im entferntesten – gerechnet hätte.
Scribani entfesselte ein noch grausames Inferno als sein Vorgänger. Dabei gebärdete er sich in einer unvorstellbar fanatischen Art. Er verbreitete das Klima des religiösen Hasses und der Verfolgung auch in Badalucco, Montalto, und in die entlegenen Dörfer Realdo und Verdeggio, ja sogar bis nach Sanremo. Es begannen neue Verhöre und Folterungen.

Furchtbar war es gewesen. Es hatte noch lange angedauert. Er hatte überlebt. Aber die Erinnerung an das Geschehen jener Zeiten hatte zeitlebens an ihm genagt. Glücklich war er nie gewesen! Biaggio führt den Becher mit den letzten Tropfen seines Kräutertees an den Mund. Der Becher aus Ton entgleitet seiner Hand und zerschellt auf dem Boden.

Diese Geschichte ist frei erfunden, bezieht jedoch Begebenheiten, die sich in Triora, einer kleinen Stadt im ligurischen Hinterland in den Jahre 1587 und 1588 abgespielt haben sollen, ein.
Die Erinnerung an die schrecklichen Verfolgungen der sogenannten Hexen wird heute im sehr sehenswerten „Museo Regionale Etnografico e Della Stregoneria" aufrecht erhalten.

7

GENUA: Ligurische Witze

Man muss wissen: die Ligurer gelten als noch geiziger als die Schotten!

Wohnt eine ligurische und eine schottische Familie nebeneinander. Schickt der Vater seinen Sohn Giuseppe zum Nachbarn, um einen Hammer auszuleihen. Nach kürzerer Zeit kommt Giuseppe ohne Hammer vom schottischen Nachbarn zurück.

„Der wollte uns keinen Hammer ausleihen. Schließlich könnte der ja abgenutzt werden."

Nickt der Vater verständnisvoll: „O.k., dann nehmen wir halt doch unseren eigenen!"

Zwei Freunde treffen sich in der Bar.

„Sag mal, Pietro, was macht eigentlich dein Jura-Studium in Milano."

„Ich musste leider damit aufhören!"

„Warum das denn?" fragt der Freund.

„Nun, meinem Vater ist die Uhr kaputt gegangen. Und da muss ich nun Uhrmacher werden!"

In der Apotheke:

Ligurer: „Ich möchte eine Zahnbürste."

Apotheker: „Was möchten Sie für eine haben? Naturborsten, aus Kunststoff, weich oder hart?"

Ligurer: „Das ist mir egal. Aber sie muss lange halten ...wir sind in der Familie zu acht!!!"

Beim ersten Ligurer-Witz, den ich hörte, dachte ich sofort an die zahlreichen Schottenwitze. Heute weiß ich: die Schotten haben die Witze von den Ligurern geklaut! Oder doch umgekehrt!?

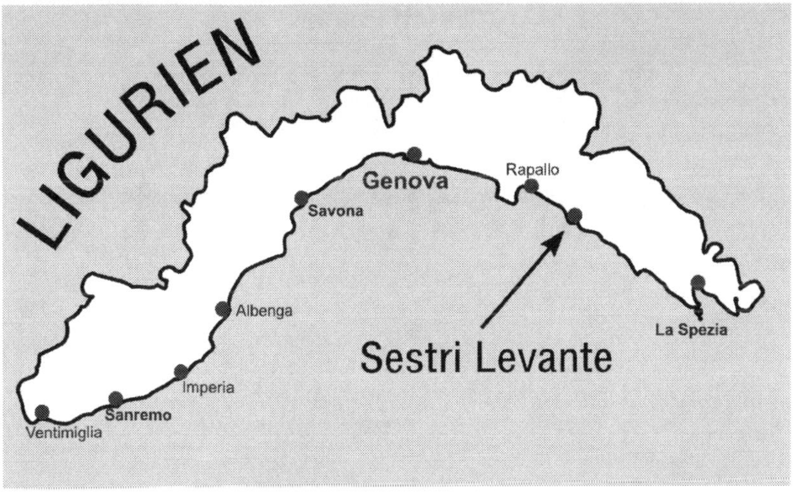
LIGURIEN
Genova
Rapallo
Savona
Albenga
La Spezia
Sestri Levante
Imperia
Sanremo
Ventimiglia

(Ulrich Peine)

SESTRI LEVANTE: In the air tonight

Januar 1909, Küstenbereich der amerikanischen Staaten von Amerika.

Die RMS Republic, ein 1903 in Dienst gestelltes Passagierschiff der britischen Reederei White Star Line, legte am Freitag, 22. Januar 1909 um 15 Uhr von New York City zu ihrer Atlantiküberquerung ab. An Bord befanden sich 742 Personen.

Am frühen Morgen des 23. Januar dampfte die Republic etwa 50 Seemeilen südwestlich der Insel Nantucket vor der Küste des US-Bundesstaates Massachusetts ohne jegliche Sicht durch den dichten Nebel.

Kapitän Sealsby ließ in regelmäßigen Abständen das Nebelhorn ertönen. Das war die einzige Möglichkeit damals, anderen Schiffen seine Anwesenheit anzuzeigen.

Um 5:47 Uhr hörte die Mannschaft auf der Brücke ein Nebelhorn Backbord voraus. Der Kapitän befahl sofort „Maschinen

volle Kraft zurück“ und „Ruder hart Backboard“, aber es war zu spät! Aus dem Nebel erschien plötzlich ein Schiff – es handelte sich um den wesentlich kleineren, italienischen Passagierdampfer Florida. Die Florida rammte die viel größere Republic mittschiffs fast im rechten Winkel.

Durch den Zusammenstoß wurden auf der Florida drei Besatzungsmitglieder getötet. Auf der Republic kamen drei Passagiere der ersten Klasse ums Leben. Zudem wurden viele Passagiere verletzt. Während sich die Florida über Wasser halten konnte, drohte die Republic zu sinken.

Gott sei Dank konnte der Bordfunker der Republic Jack Binns mittels Funken - Telegraphie einen Notruf mit den Morsezeichen

CQD – die Zeichenfolge SOS sollte sich erst später durchsetzen – senden und damit Hilfe rufen.

Es war das erste Mal in der Geschichte der Seeschifffahrt, dass ein in Seenot geratenes Schiff so um Hilfe bat. Zwar wurde das CQD-Signal von verschiedenen Schiffen empfangen, dennoch mussten die Überlebenden 13 lange Stunden auf ihre Rettung warten.

Dann kam Hilfe. Mehr als 1.500 Menschen konnten erfolgreich auf andere Schiffe evakuiert werden.

Die neue drahtlose Kommunikationstechnologie hatte funktioniert.

Erfinder dieser revolutionären Technologie war der Italiener Gugliemo Marconi. Der spätere Nobelpreisträger war auch der erste, der schon 1901 einen Funkkontakt durch den „Äther" zwischen zwei Kontinenten hergestellt hatte.

Juli 1934, vor der ligurischen Küste Italiens.

Marconi hatte schon im Jahr 1908 bei dem Zusammenstoß der beiden Passagierschiffe die Idee zu einer Verbesserung seiner Funk-Technik gehabt. Die Idee: Schiffe müssten sich entlang von Radiowellen auch ohne Sicht sicher steuern lassen:

Marconi hatte so zwei Mikrowellensender bei Sestri Levante aufbauen lassen, die Funkfeuer abstrahlten. Ohne Kompass und ohne Sicht auf die nahe gelegene ligurische Küste – er hatte seine Yacht „Elettra" komplett verdunkeln lassen – ließ Marconi sein Schiff nur mit den beiden Richtstrahlen bis zur Hafeneinfahrt von Sestri Levante steuern.

Und revolutionierte damit aufs Neue die Navigation auf See!

Wir machten mal wieder diese herrlichen Schiffstour entlang der Cinque Terre. „Weißt du, dass hier an dieser

Küste ein Meilenstein in der Entwicklung der Seenavigation gesetzt worden ist?" fragte mich mein Freund, ein Ingenieur.
Ich wusste es damals nicht!

RIVIERA: Eine sehr kurze Geschichte Liguriens

ab 250000 v. Chr.

Alt- steinzeitliche Funde menschlicher Knochen in den Höhlen Balzi Rossi bei Ventimiglia beweisen die erste Besiedelung der ligurischen Küstenlandschaft.

ab 2800 v. Chr.

Kupfer-und Bronze-Stelen in Lunigiana zeigen das frühe Menschenbild der Ligurer.

ab 1300 v. Chr.

Von Etruskern, Kelten und Griechen wird das Volk der Ligurer in den unwirtlichen Berg- und Küstenstreifen des heutigen Ligurien gedrängt. Sie nehmen keltische Kultureinflüsse auf, legen Fluchtburgen (Castellari) an und beginnen mit der Seefahrt.

ab 241 v. Chr.

Der Einfluss der Römer auf das ligurische Gebiet wird immer größer: die Ligurer verbünden sich mit dem karthagischen Feldherrn Hannibal (abgebildet auf der Münze) gegen die Römer.

180 v. Chr.

Widerstand wird durch die Zwangsumsiedlung von 40.000 Ligurern ins süditalienische Samnium gebrochen.

89 v. Chr.
Ligurische Städte wie Albinum Intermelium (heute Ventimiglia), Segesta Tigulliorum (Sestri Levante), Albium Ingaunum (Albenga) erhalten römisches Bürgerrecht.

4. Jahrhundert
Die weströmische Hauptstadt Mailand entwickelt Genua zu ihrem Seehafen.

6 bis 9. Jahrhundert
Die Westgoten und Sarazenen plündern Ligurien und Genua.

1284
In der Schlacht von Meloria besiegt Genua die rivalisierende Seerepublik Pisa.

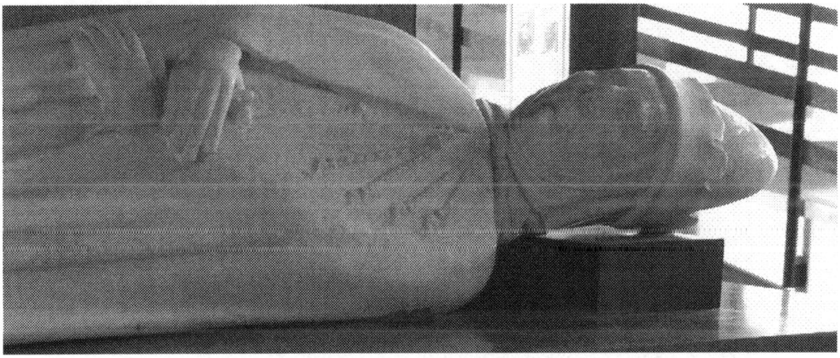

1339
Simone Boccanegra wird erster Doge auf Lebenszeit in Genua.

1380
Nach der verlorenen Seeschlacht von Chioggia gegen Venedig verliert Genua seinen Einfluss im östlichen Mittelmeer an Mailand und Frankreich.

1451
Geburt Christoph Kolumbus in Genua.

1507
Ludwig XII. von Frankreich zieht im Triumph in Genua ein. Genua verliert seine Autonomie.

1552
Genua gibt sich auf Druck Andrea Dorias eine neue oligarchische Verfassung, die bis 1779 Bestand hat.

1746
Österreicher besetzen Genua. Sie werden aber durch einen Volksaufstand vertrieben.

ab 1550
Islamische Piraten plündern ligurische Küstenstädte, Genua lässt Strandwachtürme errichten.

1794
Napoleon Bonaparte besetzt Ligurien. Ende der Adelsrepublik Genua.

1814/15
Ligurien wird im Beschluss des Wiener Kongresses als Herzogtum Genua dem Königreich Sardinien-Piemont zugeschlagen.

1833
Aufstände in Genua gegen die piemontesische Regierung werden niedergeschlagen.

1848
Giovanni Mazzini wird Führer der kurzlebigen römischen Republik.

1861
Einigung Italiens

1867
Sir Thomas Hanbury ersteht in Mortola (bei Ventimiglia) die Grundstücke für seine Version des „Italian Garden".

1887

Ein Erdbeben bei Sanremo zerstört unter anderem die Ortschaft Bussana.

1943 bis 1945

Partisanen leisten in den ligurischen Bergen erfolgreichen Widerstand gegen deutsche Besatzungstruppen.

1978 bis 1985

Sandro Pertini (1896-1990), ehemaliger Partisan aus Stella bei Savona, wird italienischer Staatspräsident Italiens.

1991

Ein Öltanker havariert vor Genua. Nur mit großer Anstrengung wird eine ökologische Katastrophe abgewendet.

2004

Genua ist Kulturhauptstadt Europas.

2005

Der Linkspolitiker Claudio Burlando wird zum Regionalpräsidenten Liguriens gewählt.

31.5.2015

Der rechtsgerichtete Giovanni Toti wird Regionalpräsident Liguriens.

2.5.2018

Die neue Regierungsbildung Italien kündigt verschärfte Immigrationsgesetze und eine distanzierte Europapolitik an.

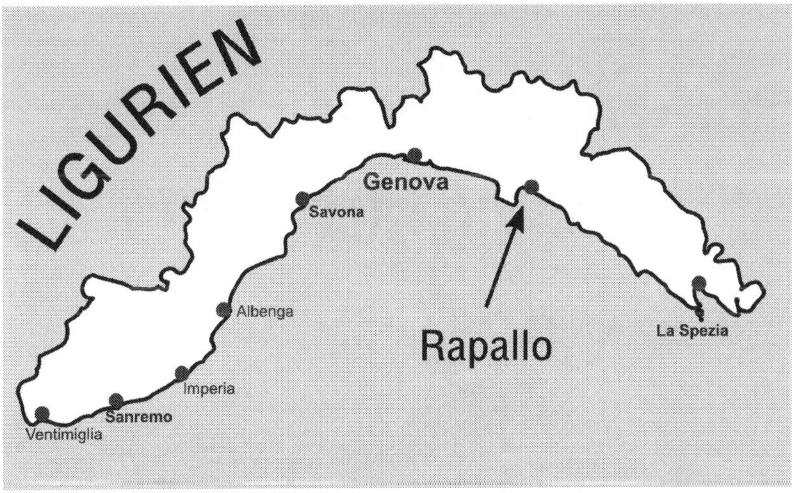
LIGURIEN
Genova
Savona
Albenga
Imperia
Sanremo
Ventimiglia
Rapallo
La Spezia

(Ulrich Peine)

RAPALLO: Eine Pyjama-Sitzung mit Folgen

Kurz nach Mitternacht zum Ostersonntag,16. April 1922, Tagungshotel der deutschen Delegation zur Finanz- und Wirtschaftskonferenz von Genua in Nervi, Ligurien, Italien.

Joseph Wirth, Leiter der deutschen Delegation, wird aus dem Schlaf gerissen: das Telefon in seiner Suite klingelt Sturm.

„Das kann nichts Gutes bedeuten! Kann man denn nicht einmal nachts seine Ruhe bekommen? Nach den anstrengenden Verhandlungen des heutigen Tages muss das doch einmal möglich sein!“ knurrt er ärgerlich.

Verschlafen erhebt sich der deutsche Reichskanzler aus dem Bett und schlurft in Pantoffeln zu seinem Telefon.

Am Apparat ist seine rechte Hand, Außenminister Walter Rathenau: „Herr Reichskanzler, gerade hat mich der Sekretär von Außenminister Tschitscherin angerufen. Bedrohliche Nachrichten aus der russischen Delegation! Wir sollen umgehend einen Kooperationsvertag unterzeichnen. Ansonsten wollen die Russen nach der Osterpause separate Verhandlungen mit den Engländern beginnen."

Wirth atmet schwer: „Verdammt! Das ist Erpressung!"

Schon ein paar Tage vorher war der deutschen Delegation durch italienische Mittelsmänner zu Ohren gekommen, dass Russland nun doch damit liebäugelte, sich auf die Seite der westeuropäischen Führungsmächte zu schlagen.

Monate lange geheime Verhandlungen wären vergebens gewesen! Die geplante Allianz Deutschland und Russlands gegen die Westmächte wäre geplatzt,die Wiedererstarkung des Deutschen Reiches innerhalb des Staatenbundes in Frage gestellt:

Sowohl das Deutsche Reich als auch Russland waren ja aus unterschiedlichen Gründen nach Ende des ersten Weltkrieges innerhalb der europäischen Staaten isoliert geblieben: das Deutsche Reich war aufgrund seiner Schuld am Ausbruch des ersten Weltkrieges im Versailler Vertrag mit erheblichen Strafsummen belegt worden. Russland war nach der russischen Revolution als kommunistischer Sowjetstaat isoliert. Neben der Ächtung durch die anderen europäischen Staaten war dies auch mit starken wirtschaftlichen Konsequenzen verbunden: die Waren beider Staaten wurden europaweit boykottiert!

Deutschland und Russland – von den anderen Staaten heimlich „Habenichtse" genannt – waren sich deshalb im Prinzip schon einig geworden: Russland erhebt gegenüber dem deutschen Reich keinerlei Anspruch auf Reparationszahlungen mehr, Deutschland erkennt Sowjetrussland dafür im Gegenzug voll diplomatisch an. Beide

Staaten vereinbaren enge wirtschaftliche und insgeheim auch militärische Zusammenarbeit.

Reichskanzler Wirth atmet schwer durch:

Das wäre doch ein erster Schritt aus der Isolation und ein weiterer Schritt in Richtung einer Stärkung der Position innerhalb Europas! Für beide Staaten!

Und dieses Ergebnis nach all den geheimen Treffen nun in Frage zu stellen! Das wäre der glatte Wahnsinn! Das muss verhindert werden! Um jeden Preis!

„Rathenau, Sie telefonieren doch sicherlich gerade aus Ihrem Schlafzimmer. Rufen Sie die ganze Delegation zu sich! Ich komme sofort zu Ihnen herüber! Wir müssen umgehend eine Lösung finden!"

„Aber, Herr Reichskanzler, es ist 2 Uhr morgens und ich sitze hier im Pyjama!" mag der deutsche Außenminister dem noch entgegen gesetzt haben.

Aber es kam doch zu der berühmt- berüchtigten Pyjamakonferenz in den frühen Morgenstunden des Ostersonntags 1922.

Man möge sich das noch einmal vorstellen:der deutsche Reichskanzler, Minister, Staatssekretäre, die ganze deutsche Verhandlungskommission saßen in ihren Schlafanzügen auf Betten,Hockern und Kissen im Schlafzimmer von Außenminister Rathenau und planten Weltpolitik!

Schnell hatte man die Strategie gefunden. Man wollte nun mit einem schnellen und klaren Vertragsangebot die russische Seite seinerseits unter Druck setzen und zum Abschluss der erarbeiteten Geheimabsprachen bringen. Noch am gleichen Tag!

Und so wurde Außenminister Rathenau in Begleitung seines Mitarbeiters von Maltzan in den frühen Morgenstunden zum Hotel Imperial Palace in Rapallo*, in dem die russische Delegation residierte, in Marsch gesetzt.

(„Sie kamen halb lebendig und halb tot zu uns angehetzt," sollen die Sowjets später nach Moskau telefoniert haben.)

Innerhalb von sechs Stunden wurde der „Vertrag von Rapallo" mit der russischen Delegation formuliert und noch am Abend des ersten Ostertages 1922 unterzeichnet.

Natürlich verärgerte dieser Vertrag die Westmächte ungemein: schließlich zeigten die beiden geächteten „Schmuddelkinder" Europas damit, dass mit ihnen wieder gerechnet werden musste! Das sollte doch eigentlich verhindert werden!

Und tatsächlich: der Wiederaufstieg des deutschen Reiches nach dem verlorenen Weltkrieg hatte mit diesem Vertrag begonnen!

Mit den bekannten Folgen!

Über den Vertrag von Rapallo hatten wir im Geschichtsunterricht gesprochen.Lang, lang ist's her.Alles vergessen? Nein,nicht alles! Als ich vor einiger Zeit in Rapallo einen Bekannten besuchte, erinnerte ich mich: nicht an die geschichtlich wichtigen Fakten, sondern an die doch zunächst skurril anmutende Pyjama-Geschichte.
Unser auch pädagogisch versierter Geschichtslehrer hatte versucht, bei uns oft uninteressierten Jungen über dieses unwesentliche Detail der „Kleiderordnung" in jener Nacht Aufmerksamkeit für den geschichtlichen Gesamtzusammenhang dieses Vertrages zu gewinnen.

**Das Hotel Imperial Palace liegt nach einer Gebietsreform heute nicht mehr in Rapallo, sondern in der Gemeinde Santa Margherita Ligure.*

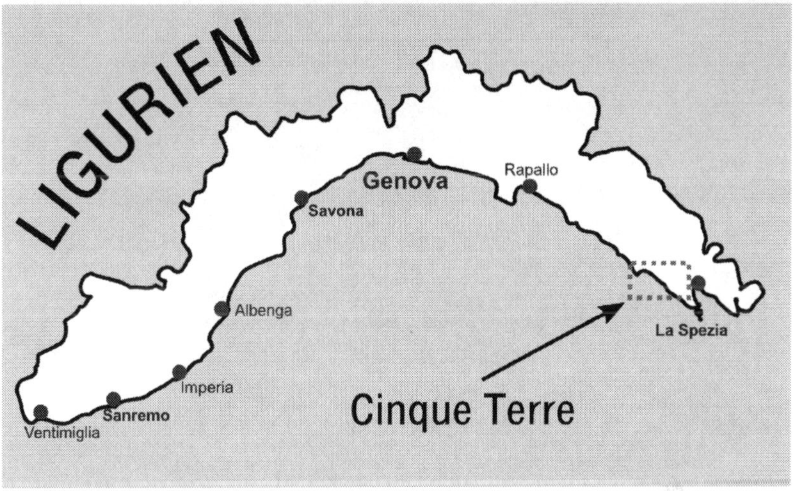

(Anke Bernlieb)

CINQUE TERRE: Ligurien – von allen (guten) Geistern verlassen?

Das sehen vor allem so einige Alte in den Dörfern der ligurischen Berge doch noch etwas anders!

In Volastra in den Cinque Terre erzählt man sich noch heute, dass die Einwohner nach Sichtung von Piratenschiffen ihre Schätze in einem großen Erdloch versteckten. Einschließlich der Silberglocken

der Kirche! Das Dorf wurde beim Sturm des überlegenen Sarazenenheeres völlig zerstört. Die Piraten brandschatzten und plünderten alles. Doch den versteckten Schatz fanden sie nicht! Sie machten den Ort dem Erdboden gleich. Und so kam es, dass es auch den Überlebenden des schrecklichen Überfalls nicht mehr gelang, die wertvollen Glocken zu finden. Noch heute schwören einige Einwohner, in Gewitternächten die Glocken der Dorfkirche zu hören.

Der tragische und geheimnisvolle Tod des englischen Dichters Percy Shelley im Jahr 1822 nach einem Schiffbruch wegen eines unerklärlichen, plötzlich aufkommenden Sturmes vor dem Hafen von Lerici zieht bis heute zahlreiche Bewunderer an diesen Küstenstreifen. Einige behaupten dabei, in der Nacht den irrenden Geist des Dichters über dem Meer gesehen zu haben.

In Framura, Ortsteil Pietra Rossa gibt es ein Geisterhaus, das sogenannte „Casa della Paura“ – das Haus der Angst! Es wird aus gutem Grund davon abgeraten, in der Nacht dort vorbeizugehen.

Der Passo Cento Croci verbindet Ligurien mit der Provinz Piemonte. Hier wird diese Geschichte erzählt:

Eines Tages suchte ein Wanderer mitten im Winter auf Tausend Meter Höhe einen Unterschlupf in einem kleinen Kloster. Er war schon häufiger von den freundlichen Mönchen dort bewirtet worden. Doch diesmal fand er keine hilfreichen Menschen vor, sondern er wurde von 5 Briganten (Räubern) empfangen. Diese raubten ihn natürlich aus und verletzten ihn dabei schwer. Zu schlechter Letzt warfen sie ihn in eine Schlucht. Wie durch ein Wunder wurde unser Wanderer von einer ligurischen Familie gerettet, die die Klosterbrüder mit Nahrungsmittel versorgen wollte. Man fand die Leichen aller Mönche und noch weiterer ermordeter Personen in der Nähe. So konnten alle in würdiger Form bestattet werden und ihren ewigen Frieden finden. Aber waren wirklich alle gefunden worden? Irren dort nicht doch noch verlorene Seelen durch die Schluchten und über die Berge?Wer weiß?

Das mittelalterliche Fieschi-Schloss in Savignone – heute ein Hotel – ist laut Überlieferung eindeutig von Geistern bewohnt. Einige ältere Anwohner behaupten, regelmäßig am 2. November eines jeden Jahres, aber manchmal auch dienstags oder freitags eine Totenprozession beobachtet zu haben.

Also, Wanderer, nimm dich in Acht, insbesondere wenn du im Gebiet der Cinque Terre bist:du bist gewarnt!

Wie überall auf der Welt werden auch in Ligurien bis in die moderne Gegenwart hinein Märchen,Sagen und Legenden weitergegeben, deren Ursprünge weit in den vergangenen Jahrhunderten zurückliegen.
Viele dieser Geschichten beruhen auf tatsächlichen Ereignissen, viele aber auch auf Urängsten vor unerklärlichen Naturphänomenen und Geschehnissen.

Häufig hatten sie – und haben sie vielleicht noch heute – die Funktion , tiefe Ängste vor Gewalt und Schrecken zu kompensieren.

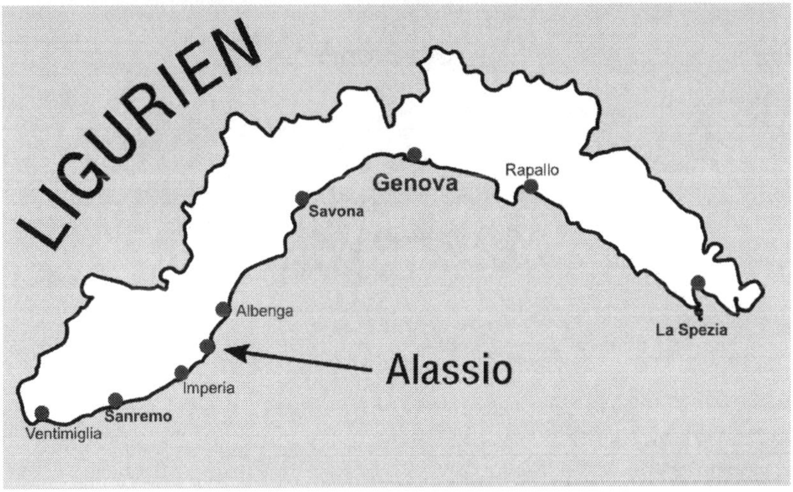
LIGURIEN
Genova
Rapallo
Savona
Albenga
La Spezia
Alassio
Imperia
Sanremo
Ventimiglia

(Ulli Breor)

ALASSIO: Unsterblich Liebende

Wo die Liebe hinfällt…

Irgendwann interessierte auch uns dieses berühmte Pärchen:

Die Liebenden von Alassio

Wir wollten wissen, ob auch wir von ihnen in den Bann gezogen würden. Vielleicht könnten auch wir, trotz anhaltend großer Liebe zueinander, aufs Neue oder vielleicht sogar von einer noch tiefer gehenden Inspiration erfüllt werden.

Es musste doch etwas daran sein, wenn sich am Fest der Verliebten, dem Valentinstag, die Verliebten aus aller Welt hier verabreden ,um diesem Tag den poetischen Rahmen zu verleihen.Sogar an all diejenigen, die nicht hierher kommen können, war gedacht: extra für sie wurde ein Briefkasten angebracht, damit dort Briefe mit den glühendsten Gefühlen aus aller Welt ankommen können.

Ja,… diesen Ort mussten wir unbedingt besuchen und so machten wir uns auf den Weg nach Alassio.

Lange muss man nicht suchen, denn der Ort ist leicht zu finden. Man fragt nur nach „il muretto“ – das ist das Mäuerchen, das 1951 aus einer Idee des Malers Mario Berrino entstand und auch heute noch die Touristen magisch anzieht. Dort verewigen sich seit Jahrzehnten mehr oder weniger Prominente mit Rang und Namen,

indem sie individuell gestaltete Kacheln mit ihrer Signatur aufkleben lassen.

Zwar waren wir deswegen ja nicht gekommen. Trotzdem waren auch wir gleich infiziert von der Suche nach prominenten Namen. Wir fanden natürlich Ernest Hemingway und Zarah Leander und viele mehr. Aber mit der Zeit wurden uns die Personen immer unbekannter. Und als wir dann bei der italienischen Fußball-Nationalmannschaft sowie bei Christa und Claus aus Deutschland angekommen waren, konnten wir uns dann doch wieder unserem großen Ziel, dem Wunder der Liebe, zuwenden.

Denn da saßen sie… unsere Liebenden von Eros Pellini in Bronze gegossen!

Wir schauen sie uns lange an, die beiden jungen Leute mit ihren, von Tausenden von Liebenden blank gestreichelten Knien. Sie scheinen uns eher nachdenklich und verträumt als verliebt dreinzuschauen. Vielleicht denken sie ja noch darüber nach, wie schwer der Anfang und der Verlauf ihrer Liebe gewesen waren. Darüber, was sie alles erlebt und erlitten hatten, bis sie endlich in der

Skulptur eines Bildhauers hier in Alassio glücklich und vereint in der wärmenden Sonne Liguriens für immer und ewig aufs Meer schauen können. (was ihnen allerdings aufgrund der Bebauung leider schon heute nicht mehr möglich ist!)

Eine Liebesgeschichte rankt sich um die beiden – wie sie märchenhafter wohl nicht sein kann. Auch wenn es historisch nicht beweisbar ist, so ist es doch schön, daran zu glauben –an das Märchen der Liebe zwischen der Kaisertochter und dem Stallburschen. Einer Liebe, aus der das Geschlecht der Aleramiden und die Grafschaft Monferrat hervorgehen sollten.

Dabei begann das Leben von Aleram – vielleicht im Jahre 927 – gar nicht so vielversprechend. Seine Eltern hatten sich damals aus dem westfränkischen Teil Deutschlands auf die lange Pilgerreise nach Rom begeben. Sie waren sehr gläubige Christen und hatten die lange Reise wegen der Erfüllung eines Gelübdes auf sich genommen.

In jedem Fall waren sie bis Sezze, dem heutigen Sezzadio, im Piemont, gekommen, wo Aleram geboren wurde. Seine Eltern ließen ihn offensichtlich als Kleinkind dort zurück, wohl um ihm die Anstrengungen der weiteren Reise zu ersparen. Und sicherlich mit der Absicht, ihn auch wieder abzuholen!

Letztendlich blieb er aber als Waisenkind zurück. Seine Eltern sollen nämlich in Rom gestorben sein. In einem Kloster wurde der Junge aufgezogen und er wuchs zu einem kräftigen jungen Mann heran. Schon früh wurde seine Liebe zu den Pferden entdeckt und so wurde er ein guter Stallbursche. Da er immer unternehmungslustig und mutig gewesen war, führte ihn seine Suche nach Arbeit sogar bis in die Gegend der heutigen Emilia Romagna.

Als eines Tages Kaiser Otto Brescia belagerte, befahl dieser den Gemeinden der Umgebung, Kriegsleute zu seiner Verfügung zu entsenden. Daher wurden alle jungen Männer, so auch Aleram, dem Heer des Kaisers überstellt. Hier kam er gut zurecht.Er lernte schnell

OSPEDALETTI
D'ITALIA
AUTIERI

die Sprache der Eroberer, was vielleicht mit seiner deutschen Herkunft zu tun hatte. Natürlich wurde er der Reiterstaffel zugeordnet und wurde aufgrund seiner hervorragenden Fähigkeiten bald auch der persönliche Betreuer der kaiserlichen Pferde.

Mit der Zeit lernte er viele Persönlichkeiten von Rang und Namen in hoher Stellung kennen. Aber das beeindruckte ihn nicht besonders – zunächst auch nicht dieses reizende, junge, adelige Mädchen, das täglich ihren Schimmel zum Ausritt beim ihm abholte und ihm schüchterne Blicke zuwarf. Gesprochen hatte er nie mit ihr, denn es waren immer Pagen oder Zofen in ihrem Gefolge. Aber ihren Namen hatte er schon einmal gehört. Sie wurde wohl Adelheid genannt.

Die Zeit verging. Eines Tages bemerkte Aleram, dass sich seine Gefühle zu diesem jungen Mädchen veränderten.Denn nun freute er sich plötzlich jeden Morgen auf die Begegnung mit ihr. Vielleicht konnte er wieder einen Blick von ihr erhaschen! Bald war er sich ganz sicher, dass auch seine Blicke erwidert wurden. Eines Morgens geschah das Unglaubliche! Als er ihr die Zügel des Pferdes reichte, streifte ihre Hand die Seine. Er erstarrte zu Eis und dennoch erglühte er wie das Feuer am abendlichen Herd. Adelheids Blick hielt dem Seinen eine Ewigkeit stand. So kam es ihm jedenfalls vor! Von diesem Moment an entbrannte das Feuer der Liebe in ihm, wild und ungestüm. Seine Nächte waren schlaflos und er sehnte den nächsten Morgen herbei. Wenn sie nicht kam, litt er große Qualen Irgendwann bemerkten auch andere die Veränderungen in seinem Wesen. Der alte Stallknecht Piero nahm ihn eines Tages bei Seite. Er habe wohl bemerkt, dass Aleram das junge Fräulein Adelheid mit Liebesaugen anschmachten würde. Ob er wohl den Verstand verloren hätte, denn er wüsste wohl nicht, wer sie sei. Die Worte „Sie ist des Kaisers Tochter“ trafen ihn wie die Keule des Feindes. Des Kaisers Tochter war für ihn als Stallbursche unerreichbar! Das war das Ende der aufkeimenden Liebe. Er glaubte nicht mehr, weiterleben zu können. Er wollte sich in sein Schwert stürzen oder …

In den folgenden Gefechten um die Stadt Brescia war Aleram einer der Furchtlosesten. Denn sein Leben bedeutete ihm nichts mehr. Adelheid versuchte er aus dem Weg zu gehen. Und wenn er sie im Stall dennoch traf, dann er traute sich nicht mehr, ihr in die Augen zu schauen.

Aber dann geschah das Wunder! Eines Abends, nach dem Absatteln des Schimmels, den ihm Adelheid übergeben hatte, fiel ein kleines Pergament zu Boden. Er hob es auf und las: „Heute in der 11.Stunde am alten Köhlerhaus." Die Gedanken überschlugen sich und sein Herz raste.Er hatte versucht, die Liebe zu ersticken. Aber nun war sie wieder da. Es gab nun kein Zurück mehr. Es konnte nur noch mit der Erfüllung oder dem Tod enden. Die Stunden wollten nicht vergehen. Doch dann schlich er sich in der Dunkelheit davon. Bei der verfallenen Köhlerhütte versteckte er sich in einem Gebüsch und wartete. Die Zeit stand still und die Angst, entdeckt zu werden, kroch in ihm hoch. Da am Waldrand sah er einen Schatten vorbeihuschen. Es konnte doch nur s i e sein! Und wenn nicht? Die Angst war groß, aber die Liebe war ein Riese. Er gab ein winziges Geräusch von sich.Der Schatten reagierte sofort, bewegte sich in seine Richtung. Aleram schlich dem Schatten entgegen. Dann konnte er sie erkennen, obwohl sie in einen langen schwarzen Umhang gehüllt war. Selbst in der tief heruntergezogenen Kapuze erkannte er sofort ihr hübsches Gesicht. Ein Gefühl des grenzenlosen Glücks überkam ihn und – so schnell er konnte – lief er ihr entgegen. Es war wohl die Qual der unendlichen Entbehrung, die sie gegenseitig in die Arme fallen ließ.Schließlich rannen Tränen des Glücks über ihrer beider Wangen. Viel Zeit blieb ihnen an diesem Abend nicht. Schnell mussten sie sich wieder trennen, denn beide hatten Angst, dass man sie vermissen und nach ihnen suchen lassen würde.

Immer wieder wurden geheime Treffpunkte über zugesteckte Zettel angebahnt. Beider Liebe wuchs von Tag zu Tag, bis der Entschluss gefasst wurde, zu fliehen.

Dies war wohl der größte Liebesbeweis, den sich beide geben konnten. Denn dieser Plan war so gefährlich! Wenn er frühzeitig aufgedeckt würde, hätte das Aleram das Leben gekostet. Und Adelheid hätte ihr Leben in einem Kloster beenden müssen.

So schlichen sie sich irgendwann heimlich davon, bei Nacht und Nebel. Eine Königstochter mit ihrem Stallknecht verließ die Gegend bei Brescia mit gestohlenen Pferden und nur mit dem, was sie auf dem Leibe tragen konnten in Richtung Süden, in Richtung Alessandria, in dessen Nähe Alerams Geburtsort Sezze lag. Hier konnten sie sich Hilfe von Freunden erhoffen.Und fanden vielleicht auch Schutz im Kloster, in dem er aufgewachsen war. Aber schon nach kurzer Zeit mussten sie weiter, denn der Kaiser versuchte mit Hilfe seiner Häscher alles, um seine Tochter wiederzufinden.

Die Liebenden entschlossen sich daher, durch die Gebiete von Asti und Alba weiter nach Süden in die Ligurischen Alpen zu ziehen. Dort in den Tälern und Wäldern würde sie niemand mehr finden können. Und tatsächlich – nach vielen Monaten – hatte sich ihre Spur verwischt. Die Berge waren nur mühsam zu durchqueren und so gaben die Suchtrupps des Kaisers irgendwann auf.

Aleram und Adelheid hatten sich inzwischen in einem abgelegenen Tal eine Hütte gebaut und begonnen, eine Köhlerei aufzubauen. Ihren Lebensunterhalt verdienten sie nun auf mühevolle Weise mit dem Handeln von Holzkohle, welche sie in den benachbarten Dörfern, so auch in der kleinen Ortschaft Alassio, anboten. Die Köhlerhütte war von nun an ihrer beider, der Kaisertochter und des Stallburschen, Existenz. Dort in der Abgeschiedenheit lebten sie viele Jahre und hatten vier Söhne miteinander.

Meistens leben die Protagonisten solch schöner Liebesgeschichten bis ans Ende aller Tage glücklich und zufrieden miteinander: unserer Königstochter und ihrem Stallburschen sollte aber das Schicksal im wahrsten Sinne des Wortes die Krone aufs Haupt setzen, denn …

Während sie zufrieden mit ihren Kindern ein glückliches Leben führten, begann Adelheids Vater, Kaiser Otto, abermals Krieg mit

Brescia. Und wieder brauchte er Soldaten für seine Armee, die aus der Bevölkerung rekrutiert werden mussten. Nun ist Brescia weit entfernt von den Ligurischen Alpen, aber der Kaiser hatte Verbündete – wie den Bischof von Savona. Und so half ihm dieser bei der Verpflichtung von Soldaten. Auf diese Weise kamen Aleram und sein ältester Sohn in das Heer des Bischofs und somit erneut in das Heer Ottos I.

Diesmal war es Alerams Sohn, der das Schicksal der Familie maßgeblich bestimmte. Er kämpfte nämlich so tapfer und kühn, dass der Kaiser auf ihn aufmerksam wurde. Er erkundigte sich beim Bischof von Savona, wer denn dieser heldenhafte Soldat sei. Es wurden daraufhin Untersuchungen angestellt. Am Ende wurde dem Kaiser übermittelt, dass es sich um den Sohn einer gewissen Adelheid handelte...und dieser mutige, junge Soldat wohl sein Enkel sei.

Ist es verwunderlich, was im Vaterherz des mächtigen Kaisers geschah? Nun,er verzieh seiner geliebten Tochter Adelheid, die er für tot gehalten hatte.Und erkannte auch Aleram als seinen Schwiegersohn an. Der Familie schenkte er alles Land zwischen Turin und Genua – zwischen den Seealpen und dem Po- als Markgrafschaft. Daraus entstand dann die Markgrafschaft Montferrat mit der herrschenden Familie der Aleramiden.

Diese Geschichte könnte als haltlose Phantasie bezeichnet, als reines Märchen angesehen werden, sie

hat aber historische Hintergründe.
Die Gemeinde Alassio kam auf die Idee, die Geschichte aufzugreifen und zu vermarkten: ein Künstler ließ sich von der Legende inspirieren und schuf eine eindrucksvolle Skulptur. Die Menschen, die kommen, glauben an die Kraft der Liebe, die alles überwindet und Unmögliches möglich macht.
Denn wie man sehen konnte, konnten sogar Grafschaften daraus entstehen und vielleicht auch viele glückliche Familien.
Meine Frau ist keine Kaisertochter … nicht mal eine Prinzessin und ich kein Aleramid, aber es war schön, einmal hier gewesen zu sein und geträumt zu haben.
Hat der Zauber gewirkt?
Ach ja, das wollte ich Dir noch sagen, mein Schatz! Ich liebe dich!

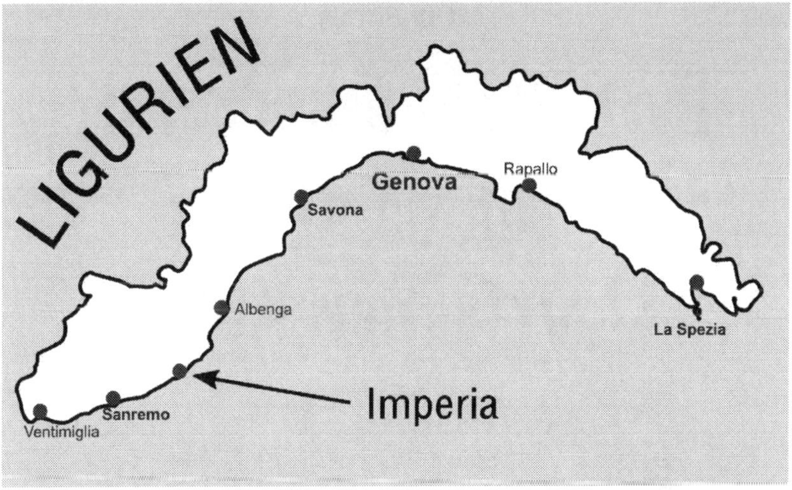
LIGURIEN
Genova
Rapallo
Savona
Albenga
La Spezia
Imperia
Sanremo
Ventimiglia

(Ulli Breor)

IMPERIA: Empörend? Waljagd an der Ligurischen Küste

Auf dem Schiff hört man kein Geräusch, alles ist ganz still. Nur hin und wieder raunt ein Besatzungsmitglied seinem schwer bewaffneten Nebenmann etwas zu. Die Waffen sind scharf gestellt und blitzen in jedermanns Hand. Quälende Minuten vergehen. Und dann…

Endlich! Vom Ausguck ertönt die erlösende Meldung:
„Wal, Wal, da bläst er.“

Tatsächlich, da hinten, noch zu weit entfernt, sieht man, wie die mächtigen Tiere ganz ruhig dahinziehen.

Fast hätte die Besatzung vergessen, warum sie an Bord des Schiffes ist: Jagd auf Moby Dick, das größte Säugetier der Erde!

Ganz ruhig drosselt der erfahrene Kapitän, er heißt nicht Ahab wie im Buch „Moby Dick“, die Geschwindigkeit seines Waljägers, um das Schiff näher an die Riesen des Meeres heranzubringen und so die Schussposition der Schiffsbesatzung zu verbessern.

Ein Muttertier mit ihrem Kalb! Könnte es eine bessere Beute geben? Nein!

Dann bricht das Inferno los. Aus allen Rohren wird geschossen. Das Klicken der Abzugshähne erfüllt die Luft über dem schmalen Deck des Schiffes.

Tausende von Schüssen werden auf die riesigen Meeresgiganten abgefeuert.

Aber die beiden Tiere ziehen ruhig und unverletzt ihren Weg durch das unendliche Meer…

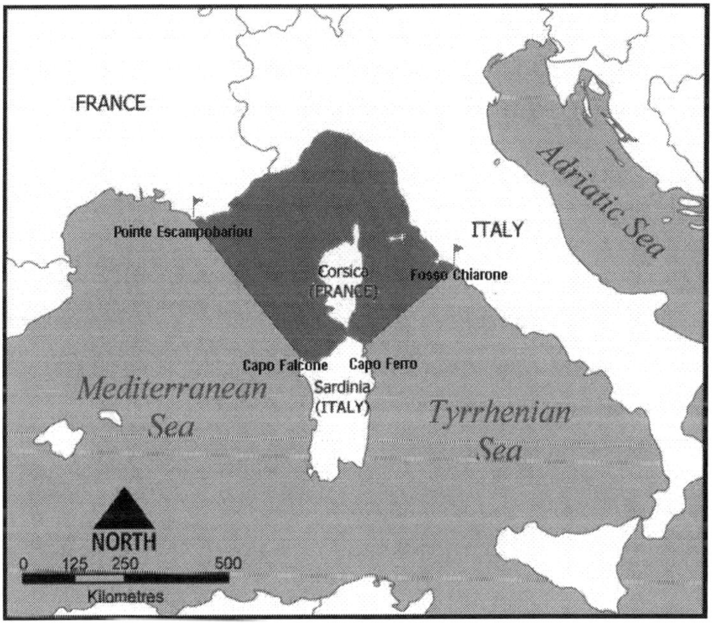

Und doch: alle an Bord sind glücklich, kann doch ein jeder der heutigen Besatzung seine Trophäe mit nach Hause nehmen… im Smartphone, in der Kamera oder dem Filmapparat.

Tatsächlich kann man eine solche harmlose Jagd auf Wale und Delfine von der Ligurischen Küste aus unternehmen:
Noch zu wenige wissen, dass es an der Ligurischen Küste ein riesiges Wal-und Delfin-Schutzgebiet gibt. Denn der außergewöhnliche Nahrungsreichtum dieses Gebietes vor Ligurien lockt besonders im Frühjahr und Sommer die großen Meeressäuger an: neben Streifendelfinen kann man mit etwas Glück Pott- und Schnabelwale, aber auch das mit einer Länge bis zu 24 Metern zweitgrößte Lebewesen (nach dem Blauwal), den Finnwal, zu sehen bekommen.
Von unterschiedlichen Abfahrtshäfen werden „Whale-watching-Touren“ auf die ligurische See angeboten.

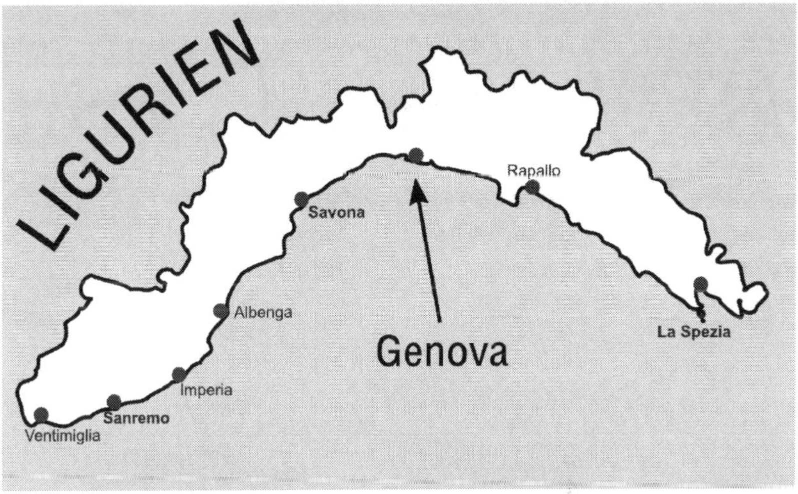
LIGURIEN
Savona
Rapallo
Albenga
Genova
La Spezia
Imperia
Sanremo
Ventimiglia

(Ulrich Peine)

GENUA: Gênes – der weite Weg nach Westen!

Heute, am Dienstag, dem 20. Mai im Jahre des Herrn 1873, gab es wirklich etwas zu feiern! Levi Strauss hatte extra zu diesem Anlass eine Flasche „Original Spumante di Genova“ mit in die Werkstatt von Jacob gebracht.

Ab heute waren sie beide Inhaber des Patents 139.121!

Natürlich hatte er damals sofort in den Deal eingewilligt: er hatte das Geld und Jacob die Lösung!

Eine geradezu lächerliche Summe hatte er investieren müssen!

Jacob war – Gott sei Dank – kein Kaufmann, der so wie er ein gewinnträchtiges Geschäft schon meilenweit gegen den Wind riechen konnte.

Jacob Davis war Schneider – und er hatte nie genug Geld! Nicht einmal die die paar Dollar, um seine Erfindung vor Nachahmern und Konkurrenten zu schützen.

Levi Strauss kannte Jacob schon seit Jahren. Sein Großhandel belieferte nicht nur dessen Schneiderei, sondern viele andere Werkstätten hier im mittleren Westen mit Stoffen und Kurzwaren, die zur Herstellung der Arbeitskleidung der Gold-Digger und

Gleisarbeiter der neuen Bahnlinie „Central Pacific Railroad“ benötigt wurden: die Leute brauchten robuste Hemden und Hosen, die billig waren und etwas aushalten konnten.

Den idealen Stoff dafür importierte seine Firma „Levi Strauß & Co.“ seit Jahren aus Europa, genauer aus Genua, wo das grobe Segeltuch schon seit Jahrhunderten das ideale Material für die Arbeitskleidung der Seefahrer und Bauern der Levante abgab. Deshalb war dieser Stoff aus „Genes“ auch äußerst gefragt bei vielen Schneidereien hier in Kalifornien.

Und Jacob Davis' Schneiderei war eine der besten.

Im Gegensatz zu vielen seiner Konkurrenten, die tagein tagaus immer nach den bekannten und immer gleichen Verfahren produzierten, hatte Jacob ständig nach Verbesserung seines Angebotes gesucht. Er hatte die Nähgarne verstärkt und mehr Hosentaschen angenäht.

Leider aber rissen die Nähte dieser Hosentaschen zum Ärger von Jacobs Stammkunden immer schnell auf. Kein Wunder - stopften sie doch immer ihr Werkzeug dort hinein! Ihre Frauen beschwerten sich bei Jacob darüber, dass sie die Arbeitskleidung ihrer Männer ständig reparieren mussten. Sie hätten schließlich noch anderes zu tun!

Und für dieses Problem hatte Jacob endlich die geniale Lösung gefunden: er verstärkte mit Metall-Nieten, die die hiesigen Farmer schon immer zum Verschluss ihrer Baumwollsäcke benutzt hatten, nun auch die Nähte seiner Hosen und Hemden. Seine „Genes“ waren zum Verkaufsschlager geworden.

Leider aber – Konkurrenz schläft nicht! Und schon gar nicht in Amerika!

Und so hatten bereits einige andere Schneidereien Jacobs Erfindung kopiert und eben solche Nietenhosen hergestellt!

Jacob Davis wusste schon, wie er seine Erfindung schützen konnte: mit einem Patent in San Francisco. Aber dafür brauchte man Geld!

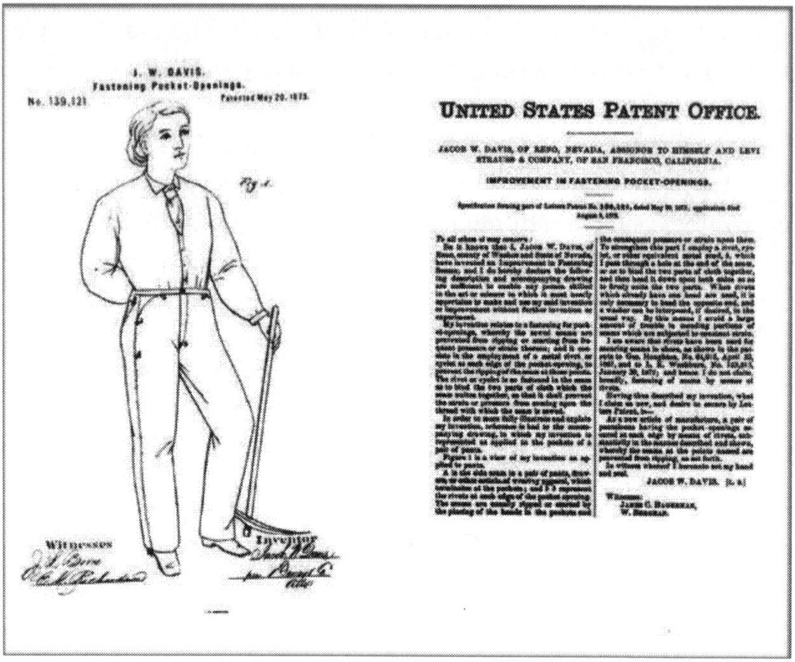

Und das war wieder einmal nicht vorhanden. So gut lief die Werkstatt nun auch nicht! Was tun?

Und da war nun er, Levi Strauss, ins Spiel gekommen! Gott sei Dank hatte sich Jacob Davis als guter Kunde zuerst an ihn gewandt. Und er hatte sich die Gelegenheit natürlich nicht nehmen lassen. Für ihn war es ein Leichtes gewesen, ihm die 68 Dollar für den Patentantrag „Nietenverstärkung an Arbeitsbekleidung“ – zu geben! Nur 68 Dollar!!!

Natürlich ist nichts im Leben umsonst!

Und so würde er natürlich als Teilhaber des Patentes an der Produktion der „Jeans“ – so wurden sie unterdessen etwas amerikanisiert genannt - beteiligt werden.

Und heute war nun der Tag gekommen: mit der Postkutsche war am Morgen die Urkunde ihrer Erfindung ins Patentregister gekommen.

„Auf uns, Jacob, Prosit!" sagte Levi Strauss.

Der Siegeszug der „Genes" von Genua aus über den Westen der USA in die ganze Welt hinein hatte begonnen.

Nicht immer ernten die wahren Helden auch den größten Ruhm!
Alle denken an Levi Strauss, wenn von den "Levi`s" ,den "Blue (Genes) Jeans", den" Nietenhosen", den "Texashosen " gesprochen wird.
Doch Jacob Davis gebührt in erster Linie diese Ehre! Das musste einmal gesagt werden!

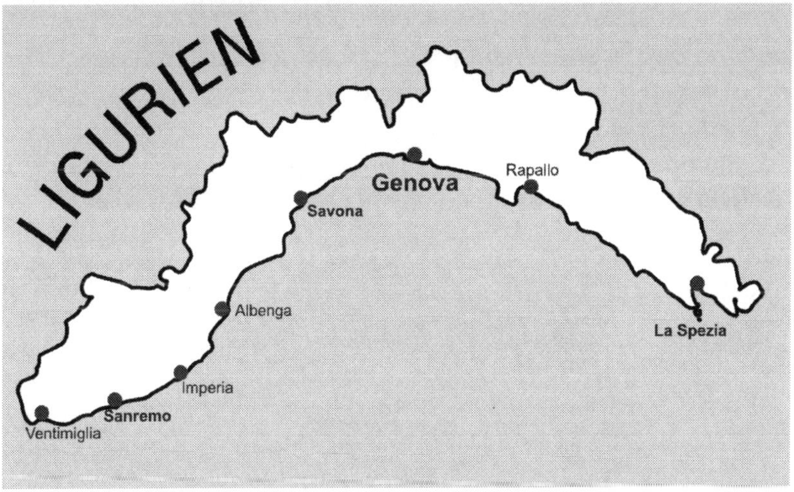

(Professor Dr. A. Jungbauer)

LIGURIEN: Ein unangenehmer Bewohner

„Es begann mit diesem strengen Geruch, der mir tagelang nicht aus der Nase wollte, ein Geruch, scharf wie Eselpisse… Es dauerte eine ganze Weile, bis ich zwischen dem spröden Knacken unter meinem Fuß und dieser „Duftnote“ einen Zusammenhang herstellte. Der Übelriecher war dann schnell identifiziert: ein Tausendfüßler, etwa sieben Zentimeter lang, in Gliederringe unterteilt, mit winzigen Fühlern am Kopf. Unter seinem braunschwarzen Panzer wuseln die

namensgebenden vielen, vielen Füße. Bei Gefahr sondert der Krabbler jenen intensiven Gestank ab. Ich weiß nicht, ob er seine Feinde in Feld und Flur damit wirkungsvoll auf Distanz hält – mich auf jeden Fall.“

(Sandra Ross, Herausgeberin eines sehr zu empfehlenden Internetblogs „www.mondoligure.com“)

Tausendfüßler sind zwar keine Pflanzenschädlinge, können aber zur Plage für Menschen werden, wenn sie in großer Zahl in Gärten und auf Terrassen auftauchen und sogar in Wohnhäuser eindringen. Die Massenwanderung wird ausgelöst durch hohe Populationen nach günstigen Entwicklungszyklen und dem Streben der Tausendfüßler nach feuchteren Standorten bei Trockenzeiten (meist in den Sommermonaten). Bei Gefahr sondern die Tausendfüßler ein gelbes, übelriechendes Sekret von Benzochinonen ab.

Für die Bekämpfung steht eine Reihe von Methoden zur Verfügung:

1. Anwendung von Insektiziden

Verschiedene synthetische Insektizide zeigen bei der Bekämpfung gute bis sehr gute Wirkung. Besonders empfohlen werden: Teflustar (Bayer Italien), Soflac WP 10 (Bayer Italien) bzw. Blattanex (Bayer Deutschland). Um optimale Wirkung zu erzielen, sollte man die Insektizide nach Anwendungsempfehlung in einem circa 10 cm breiten Streifen entlang der Zuwanderungszone ausbringen.

2. Anwendung von Naturprodukten

Staubfeine Kieselerde, auch als Diatomeenerde bekannt, ist ein reines Naturprodukt und ungiftig. Es wird am besten als Pulver ausgestreut, eingeschränkt lässt es sich auch als wässrige Suspension ausbringen. Die Wirkung beruht auf der Blockierung der Zwischensegmente und Sorption der schützenden Wachsschicht bei den Tausendfüßlern.

Lieferanten finden sich im Internet, z.B. „ TerraNawaro“ oder kostengünstiger „Fossil Shield“. Die Anwendung erfolgt analog wie bei den Insektiziden durch Ausbringung eines 10 bis 20 cm breiten Streifens vor Terrassen bzw. Hauswänden.

Besonders empfehlenswert ist eine Doppelstrategie, bei der parallel ein Streifen Insektizid und dann ein Streifen Kieselerdepulver ausgestreut werden.

3. Lichtfallen

Ganz ohne Chemie kann man die Tausendfüßler auch mit Lichtfallen bekämpfen. Die Methode zeigt bei sachgerechter

Anwendung sehr gute Erfolge. Dazu werden in der Zuwanderungszone im Abstand von max. 5 cm Lichtfallen aufgestellt. Da die Tausendfüßler mit Vorliebe abends und nachts wandern, werden sie vom Lichtschein angezogen und fallen in eine mit Wasser gefüllte Schale mit senkrechten und glatten Wänden.

Die Lichtfallen bestehen aus einer Lichtquelle, gespeist mit Netzstrom (Trafo!), Batterie oder leistungsstarken Solarspeichern und einer Schale mit glatten und senkrechten Wänden aus Glas oder Kunststoff. Die Lichtstrahlung nach oben wird z.B. mit einer dicken reflektierenden Alufolie, abgeschattet. Direkt unter der Lichtquelle wird die Wasserschale (z.B. Plastikwanne) angeordnet. Wichtig: die Schale muss ebenerdig stehen, d.h. Oberkante der Schale muss mit der Umgebung (Terrassenplatten, Blumenbeet u.ä.) eine Ebene bilden. Schale deshalb eingraben oder wo nicht möglich, runde flache Rampen bauen. Dem Wasser in der Schale kann eventuell auch ein Insektizid zugemischt werden. Die Schale mit den toten Tausendfüßlern sollte je nach Befall im Abstand von 1 bis 2 Tagen geleert werden.

Du als Chemiker, sag du doch auch mal was dazu, zu diesen Ekelviechern!
Nun, ich hab's getan!

LIGURIEN
Genova
Rapallo
Savona
Albenga
La Spezia
Imperia
Sanremo
Ventimiglia

(Annette Baumann)

LA SPEZIA: grande sfortuna – grande fortuna

Durch Weglassen eines Buchstabens wird aus dem großen Unglück ein großes Glück.

Eine ligurische Begegnung kann das gleiche bewirken…

Ein sonniger, heißer Vormittag. Wir sind mit dem Motorroller unterwegs, immer den Berg hinauf. Wir genießen den Sommerwind, die ligurische Landschaft und die herrliche Aussicht auf La Spezia.

Plötzlich ein Zischen, wir kommen ins Schleudern und schnell wird klar: grande sfortuna – wir haben einen Plattfuß. Schluss mit „la dolce vita" und Postkartenidylle. Wir müssen den Roller bei glühender Hitze den Berg hinunter schieben, geschätzte fünf Kilometer. Uli geht mit dem ramponierten Roller voraus, ich trotte hinterher. Aber es dauert nicht lange, bis ein Auto neben mir hält und eine Frau mich anspricht.

Ich verstehe, dass sie mich ins Dorf mitnehmen möchte. Für Uli kein Problem, da ist er großzügig. „Ich kann den Roller auch alleine schieben. Wir sehen uns in der Bar!"

Ich setze mich ins Auto und fahre mit der netten Dame runter ins Dorf. Wir reden mit Händen und Füßen. Ich verstehe kein Wort, aber trotzdem ist es eine kurzweilige Fahrt.

An der Tankstelle hält sie kurz an und spricht wild gestikulierend mit dem Tankwart. Danach fahren wir weiter und sie setzt mich an der Bar ab. Ich kann mich gerade noch bedanken und schon ist sie weg.

Ich bestelle einen Cappuccino und warte. Armer Uli, wo mag er inzwischen wohl sein? Bei der Hitze einen Roller mit Plattfuß zu schieben ist wirklich kein Vergnügen.

Nach 20 Minuten kommt ein entspannter Uli um die Ecke. „Ich kann den Roller in einer halben Stunde abholen."

„Die nette Dame hat dem Tankwart von unserer grande sfortuna erzählt. Der hat sich dann gleich mit dem Lieferwagen in Bewegung gesetzt, hat das Moped und mich eingeladen und ist mit mir zur Werkstatt gefahren..."

Eine Begegnung in Ligurien – so wird aus einer „grande sfortuna“ eine „grande fortuna“!

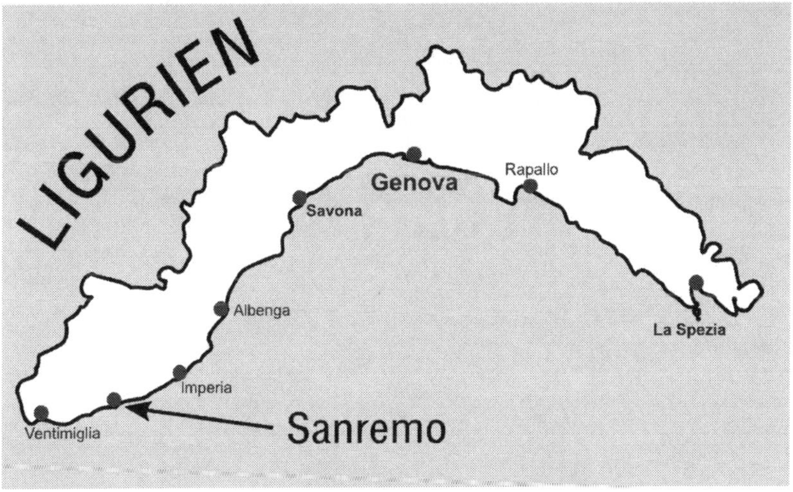
LIGURIEN
Genova
Rapallo
Savona
Albenga
La Spezia
Imperia
Ventimiglia
Sanremo

(Ulrich Peine)

SANREMO: Con Carl al bar

Was erzählst du da, Mario? Hier wird jetzt so richtig durchgegriffen – gegen Filz und Korruption in den Rathäusern!

Einige Angestellte im Rathaus von Sanremo sind schon fristlos entlassen oder schwer bestraft worden? Wegen „Gehaltsdiebstahls"?

Das war aber auch richtig dreist, was die sich da erlaubt haben:

vorn ins Rathaus rein, Arbeitsbeginn eben mal von der Stechuhr abstempeln lassen – und dann – schnell hinten wieder heraus – nach Hause oder in die Bar!

Unglaublich!

Was fragst du, Mario, ob es so was bei uns in Deutschland auch gibt?

Na ja! Komm mal ein bisschen näher, Mario, dann erzähl ich dir, wie das bei uns in der Firma so läuft…

Man riet mir, diese Geschichte nicht zu veröffentlichen:
man könnte ihr vorwerfen, typisch deutsch von oben herab, besserwisserisch, arrogant zu sein.
Aber erstens – dies ist wirklich geschehen, zweitens überall möglich und drittens doch auch … irgendwie charmant, pfiffig und lebensfreudig!

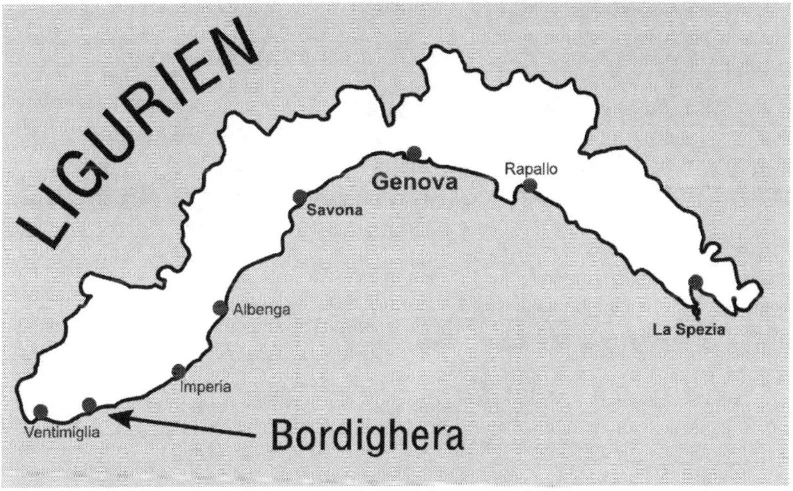
LIGURIEN
Genova
Rapallo
Savona
Albenga
La Spezia
Imperia
Ventimiglia
Bordighera

(Ulli Breor)

BORDIGHERA: Wer kennt Ludovico Winter?

Sie kennen diesen Mann?

Nein?

Dann besuchen Sie doch einmal die reizende Altstadt von Bordighera. Vom dortigen Parkplatz aus kann man einen schönen Spaziergang durch die malerischen Gassen und die umliegenden Parkanlagen der kleinen Stadt machen.

In der Nähe der gigantischen Ficus Benjamini-Bäume – etwas versteckt – steht das Denkmal mit der Büste des deutschen Botanikers Ludwig Winter.

Unweigerlich fragt man sich, warum ausgerechnet einem deutschen Gärtner in Ligurien diese Ehre zugekommen ist.

Nun, dieser "Ludovico" Winter hat sich große Verdienste um die Region erarbeitet.Und das wusste man schon früh zu schätzen!

Ludwig Winter, geboren am 9. August 1846 in Heidelberg,studierte in Leipzig Botanik. Nach zwei Jahren als Gärtner in Erfurt ging er an die Universität für Gartenbau in Potsdam. Danach war er als Landschaftsgestalter in den Botanischen Gärten der Universität Bonn tätig.

Später zog es ihn nach Paris, wo er wegen seiner anerkannten Leistungen als Agronom an der Vorbereitung der Weltausstellung 1867 mitwirken durfte.

Als 1869 Thomas Hanbury mit den Arbeiten in seinem botanischen Garten in Mortola bei Ventimiglia begann, konnte er Ludwig Winter als Mitarbeiter gewinnen. An diesem Projekt wirkte Winter über einen Zeitraum von fünf Jahren mit und hat die Gestaltung des Parks wesentlich mit geprägt.

1874 nahm Winter dann seinen endgültigen Wohnsitz in Bordighera.

Natürlich war er auch hier nicht untätig .Er widmete sich den unterschiedlichsten Projekten in privaten und öffentlichen Parks der ligurischen Riviera, die dann später auch unter dem Begriff „Riviera dei Fiori“ – Blumenriviera bekannt wurde.

Die Blumenzucht, seit dem ausgehenden 19. Jahrhundert ein tragender Pfeiler der ligurischen Wirtschaft , wurde ebenfalls von ihm maßgeblich beeinflusst.Er pflanzte in innovativer Weise exotische Setzlinge, die heute ausgewachsen, wesentlich das Außenbild der Riviera und Cote d' Azur prägen.

Aber auch die Wohnraumgestaltung seiner Zeit beeinflussten sein Ideen maßgeblich. Zu seinen „Verkaufsschlagern" zählten seine

Kreationen unterschiedlicher Zimmerpalmen und Kakteen. Schon bald gehörten diese zum gewohnten Bild bürgerlicher Salons.

„Ludovico" Winter starb am 12. Juli 1912 in Mannheim.

Beide Gärten, sowohl der Hanbury-Park als auch der Giardino Esotico Pallanca, sind äußerst sehenswert und sollten zum Programm eines jeden interessierten Besuchers der Blumen-Riviera gehören. Immer wieder bieten beide Parks zauberhafte Orte zum Verweilen und Entspannen mit schönen Aussichten auf das Meer, die geschmackvoll arrangierten Plätze, Brunnen und lauschigen Nischen in einem Dschungel von Pflanzen. Der Hanbury-Park bietet auf circa 18 Hektar tropische und subtropische Gewächse sowie Pflanzen, die aus allen Zonen der Erde mit mediterranem Klima stammen.

Dagegen beinhaltet der Pallanca-Garten eine riesige Sammlung von rund 3.000 Kakteen und Sukkulenten.

(Anke Bernlieb)

RIVIERA: O sole mio

Gott sei Dank gehört die Sonne nicht dem Sänger des berühmten Liedes allein, sondern uns allen! Und das ganz besonders hier im Sommer in Ligurien, an der italienischen Riviera!

Aber eigentlich scheint das ganze Jahr über hier die Sonne. Weniger als 60 Regentage werden statistisch pro Jahr gezählt.

Dieses besondere Klima hat vor allem einen geografischen Hintergrund: im Norden wird die Küstenregion von bis zu 2.000 Meter hohen Bergen gegen den kalten Nordwind geschützt. Das Meer hält die Wärme ganzjährig gespeichert, so dass die

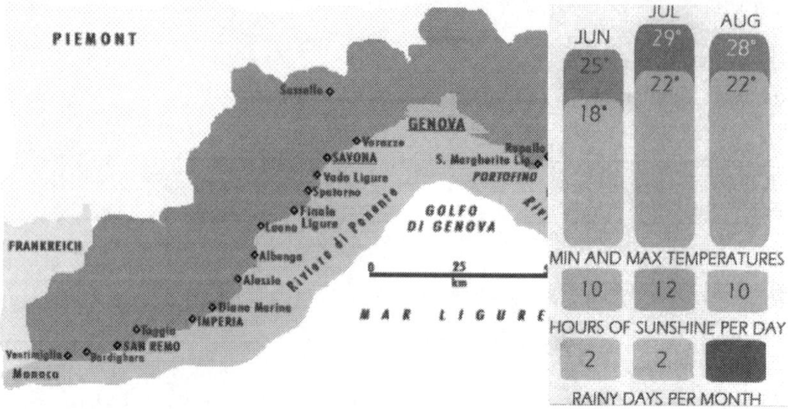

Temperaturen über das Jahr gesehen nicht so großen Schwankungen ausgesetzt sind.
So kommt es, dass es sogar im Sommer nicht so drückend heiß wird. Und wem es dennoch zu warm ist, dem sei ein Ausflug ins kühlere Hinterland empfohlen.

Nicht wegen der abwechslungsreichen Meer-und Berglandschaft, nicht um idyllische Dörfer und typische Städtchen zu sehen und auch nicht aufgrund des in Aussicht gestellten Kulturangebotes habe ich damals zum ersten Mal meinen Urlaub in Ligurien geplant, sondern wegen des ganzjährig schönen WETTERS. Ich bin nicht enttäuscht worden!

(Annette Baumann)

SAVONA: Una Festa Italiana

Die vielen Plakate am Straßenrand kündigen es an: der Sommer ist da! Denn der Sommer ist die Zeit der Feste. Feste mit so wundervollen Namen wie „Festa del Fungo", „Musica in Piazza" oder „Sagra dei Fagiolini".

„Genau dahin fahren wir", sage ich dem Mann, der mir immer „La dolce vita" beibringen will.

Gesagt, getan! Aber natürlich fängt alles mit einem großen Chaos an. Wild gestikulierend und streng mit der Lotsen-Kelle winkend werden wir in eine Parklücke am Straßenrand geleitet – gefühlt 20 km vom Dorf entfernt. Doch man hört

und riecht schon – den Festplatz: mal die Dorfpiazza unter uralten Platanen, aber auch einfach der örtliche Fußballplatz – ist nicht mehr weit.

Und die Vorfreude steigt: es wird gutes Essen und guten Wein geben. Übrigens meist von den Mitgliedern der Ortsgenossenschaft „Pro Loco" kredenzt.

Doch gemach! Wer essen und trinken will, muss zunächst Wertmarken erstehen. Der Erlös wird später zur Unterstützung eines Dorfprojektes eingesetzt.

Wichtig schauend und konzentriert verkaufen die Honoratioren Wertmarken, die „marche", die man an verschiedenen Stationen gegen köstliche, meist lokal-typische Spezialitäten eintauscht – praktischerweise serviert auf Plastiktellern und in Plastikbechern. Und schon während des Essen beginnt der eigentliche Höhepunkt des Festes: il ballo – der Tanz! Und so verwandelt sich die Piazza des Dorfes in einen riesigen Tanzsaal und der graue Asphalt in glänzendes Parkett. Das ganze Dorf ist auf den Beinen, Jung und Alt, Einheimische und Touristen schwingen das Tanzbein, zu Live-Musik und immer klassisch: Discofox, Walzer, Foxtrott, Rumba, Cha-Cha-Cha, Tango und – Formation!!! Ein Gesellschaftstanz – für die

Meisten ein Muss! Ein Muss, das glücklich machen kann! Alle tanzen fröhlich, aber dennoch erstaunlich diszipliniert nach den Anweisungen des Vorsängers.

Und dann kommt er: Rudolfo Valentino – nur etwas gealtert! Ich werde nie den Glanz in den Augen des alten Mannes vergessen, der im Anzug, mit Einstecktuch und polierten Schuhen, zusammen mit vielen anderen die perfekte Formation tanzt, nachdem er zuvor allein und etwas verloren auf einer Bank gesessen hatte.

(Ulli Breor)

GENUA: Die Erfindung der Farinata

Und das geschah – mit Sicherheit nicht genau – im Jahre 1284, als eine genuesische Galeere aufbrach, um einige Handelsschiffe auf ihrem Weg in die Levante zu begleiten. Dieser Küstenbereich war schon damals ein wichtiger Umschlagplatz für Orientwaren, die über den indischen Ozean und die asiatischen Karawanenwege herangeschafft wurden. Man wollte diese hier gegen europäische Erzeugnisse wie beispielsweise Tuche eintauschen.

Auf dieser Reise gerieten die Schiffe in einen heftigen Sturm. Wegen der tosenden Wellen und der heftigen Winde kamen die Schiffe in äußerste Bedrängnis. Auch auf unserer Galeere tobte das Chaos. Das Schiff wurde auf Wellenberge gehoben.Und fiel wieder zurück in die schäumende Gischt. Der Regen peitschte die Segel , die Planken knarrten und ächzten unter dem Wellengang, Die Seeleute an Bord – gewohnt der rauen See- beteten und hofften auf das Nachlassen der Urgewalten.

Auch im Inneren des Schiffes ging es drunter und drüber. Im Proviantraum wirbelten Fässer, Kisten und Säcke durcheinander. Vieles zerbrach, zerriss, so dass Getreide, Öl, Salz und die Hülsenfrüchte in ihren Fässern durcheinander gewirbelt wurden. Meerwasser drang in den Lagerraum und vermischte sich mit den knappen Lebensmitteln an Bord. Aber das war in diesen Momenten der höchsten Not nicht von Bedeutung. Nun kämpfte die Besatzung ums nackte Überleben.

Nach Tagen größter Anstrengung und Furcht beruhigten sich Wetter und Seegang. Langsam kam Ordnung in den Tagesablauf. Die schwersten Schäden wurden repariert.Doch noch lange nicht war die Gefahr für das Überleben gebannt.

Zunächst musste die eigene Position ermittelt werden. Dies war in diesen Zeiten nicht so einfach, denn die Technik des Kompasses war noch nicht ausgereift und eine genaue Bestimmung der Längengrade unbekannt.

Somit musste man Zeit gewinnen – und genügend Verpflegung für die Männer auf dem Schiff bereitstellen. Bei genauer Bestandsaufnahme des Proviantraumes erkannte man dann die Katastrophe:viele der mitgeführten Lebensmittel waren verdorben und vom Seewasser aufgequollen. Einiges konnte gerettet werden und war auch noch genießbar. Nur das würde nicht reichen! Aber dann gab es Vorderschiffs diesen dicken, ekeligen Brei! Bei genauer Begutachtung dieser Masse durch den Proviantmeister wurde erkannt, dass es sich wohl um gequetschte und in Meerwasser gequollene Kichererbsen – auch ceci genannt – handelte. ‚Nicht sehr appetitlich anzusehen, aber besser als Nichts' haben sich wohl unsere Seeleute gesagt. Und so gab es diesen Brei von da an zu Mittag und zu Abend. In den darauffolgenden Tagen kam jemand wohl auf die Idee – sicher war es der Schiffskoch –, den Brei an Deck in der Sonne trocknen zu lassen, um den Geschmack zu verbessern. Also wurde er zu kleinen Fladen geformt und auf dem Deck in der Sonne verteilt. In diesem Moment war der italienische Pfannkuchen – die Farinata (Farina=Mehl) – erfunden. Ganz offensichtlich war das damals entstandene Gericht in der Lage gewesen, das Leben der Seeleute auf ihrer Rückreise an die Riviera zu retten. Denn sonst würde es ja heute nicht diese leckere Spezialität geben. So erzählen es manche noch heute!

Auf jeden Fall konnte unsere Galeere wohlbehalten wieder in ihren Heimathafen zurückkehren. Was aus den anderen Handelsschiffen geworden ist, wissen wir nicht. Aber vermutlich haben auch sie ihre Reise fortsetzen können und möglicherweise ist es auch in deren Frachträumen zu ähnlichen lebensrettenden Geschehnissen gekommen.

Unser Schiffskoch war – wie alle Überlebenden – sehr glücklich über seine Rettung, hatte aber die Nase voll von der Seefahrt und wollte von nun an nur noch das machen, zu dem er sich berufen fühlte: KOCHEN.

Am liebsten natürlich in seinem eigenen Lokal. Davon gab es aber in Genua schon sehr viele. Und so musste eine gute Geschäftsidee her! Warum nicht aus dem erfahrenen Leid einen Nutzen ziehen? Also entwickelte er die Zubereitung seiner Kichererbsen-Fladen weiter. Und da selbst an der Riviera die Sonne nicht immer scheint, kam er auf die Idee, die Fladen nicht nur in der Sonne, sondern auch im Holzofen zu trocknen und zu backen. Die Geschäfte liefen gut!

Aber die Geschichte geht weiter!

Eines Abends wartete unser Gourmet-Meister in seiner Hafenkneipe im Porto Marina auf Gäste. Da gesellte sich ein alter Fischer zu ihm und sie unterhielten sich bei einer Flasche Rosso über Gott und die Welt. Natürlich erzählte unser Schiffskoch auch von seinen Abenteuern auf See und von der glücklichen Rettung durch die Farinata. Da lachte der alte Fischer und erzählte ihm eine alte Legende, die sich auch um die ceci drehte.

Im Grunde genommen sei seine Geschichte doch ein alter Hut. Denn erfunden hätten die Farinata eigentlich schon die alten Römer. Diese hätten nämlich den Brei aus Kichererbsen auf ihren Schilden in der Sonne gebacken, um so eine einfache Mahlzeit ohne Unterbrechung ihrer Feldzüge zubereiten zu können.

Für unseren Koch war klar, dass er diese Legende nicht weiter erzählen würde, schon wegen der Gefährdung der Exklusivität seiner Erfindung. Aber die Idee der Schildebackerei führte dazu, dass er seinen Kichererbsen-Brei nun im Holzofen auf einem Blech zubereitete. Da dieses Rezept ein großer Erfolg war, eröffnete er schon bald eine weitere Farinata-Trattoria im Hafen von Genua. Und so entstand die erste Fladen-Kette der Welt.

Die Farinate di ceci gehört wohl zu den ältesten Gerichten Liguriens und zählt traditionell zur Arme-Leute-Küche. Tatsächlich ist überliefert, dass dieses Gericht schon im Mittelalter bekannt war. Seinen Ursprung soll es wirklich in Genua gehabt haben.

Die Farinata – ein unerwarteter und ungewöhnlicher Genuss. Ganz einfach hergestellt aus Kichererbsen-Mehl, Wasser, Olivenöl und etwas Salz kann man sie als Beilage oder noch besser als Snack – ganz frisch – mit einem Glas Rotwein genießen. Traditionell sollte sie natürlich in einem Holzbackofen gebacken werden.

Man kann es selber einmal versuchen. Die Farinata gelingt auch im heimischen Backofen.

Für 4 Personen:
Man braucht: 125 Gramm Kichererbsen-Mehl, ein Viertel Liter Wasser, einen Esslöffel Olivenöl, etwas Pfeffer und Salz.
Wasser, Öl und Kichererbsen ohne Klumpen-Bildung verrühren. Mit Salz und Pfeffer abschmecken. Mindestens zwei Stunden bei Raumtemperatur stehen lassen. Den entstandenen Schaum abschöpfen. Auf ein geöltes Backblech gießen, etwa 1 Zentimeter hoch. 25 Minuten bei 240 Grad goldbraun und knusprig backen.
Guten Appetit!

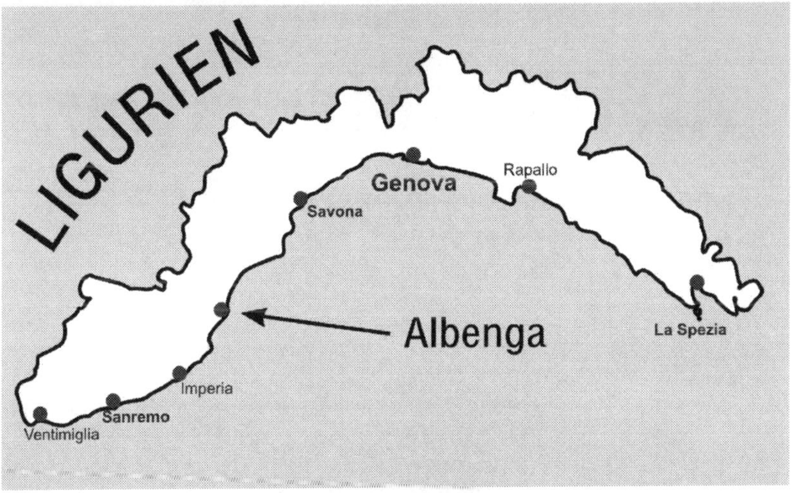
LIGURIEN
Genova
Rapallo
Savona
Albenga
La Spezia
Imperia
Sanremo
Ventimiglia

(Hans Ditthauser)

ALBENGA: Manhattan „alla ligure"?

Heute hatten die Maurer die letzten Zinnen auf den Mauerring seiner Dachterrasse verlegt. Die Arbeiten an seinem neuen Palast waren endlich beendet.

Stolz blickte der reiche Patrizier Antonello hoch über die Dächer der Stadt. Er hatte es also mal wieder geschafft. Sein Geschlecht besaß endlich – nach langen Jahren der Demütigung durch die verhasste

Nachbarfamilie – wieder das höchste Gebäude der Stadt. Sogar noch höher als der Dom! Mehr als eine Canna* höher! Was doch eigentlich unterbunden werden sollte!

Antonello rieb sich voller Stolz die Fäustchen ob seiner genialen Idee, die Bauvorschriften zu unterlaufen. Den Pfaffen hatte er es aber gezeigt!

Es war ja so, dass der Klerus Einfluss auf die Bauhöhe von neuen Stadtpalästen genommen hatte, da die Kirchen hinter den Türmen

der weltlichen Paläste verschwanden. Das sei Gotteslästerung!

Lächerlich!! Aber was sollte man schon machen! Offiziell wollte sich niemand in der Stadt mit dem Klerus anlegen. Alle einflussreichen Familien des Ortes hatten sich deshalb – Zähne knirschend – verpflichtet, eine Obergrenze für zukünftige Wohntürme in der Stadt zu akzeptieren. Kein Wohnturm sollte demnach mehr als 5 Stockwerke haben. Das waren die neuen Bauvorschriften!

Antonello grinste noch einmal, während sein Blick hinunter auf die Gassen seiner Stadt fiel. Er hatte sich an die Absprachen gehalten! Sein neuer Palast hatte ja nur 5 Stockwerke!

Aber war die Geschoss-Höhe vorgeschrieben worden! Ha! Eben nicht!

Und so hatte er von seinem gerissenen Baumeister jedes Stockwerk eben ein wenig höher als üblich bauen lassen: damit waren die Vorschriften eingehalten, aber sein Palast doch höher als jeder andere in der Stadt! Mit solch einer List hatte niemand rechnen können!

Das Ansehen seiner Familie war auf Jahre gesichert!

So – oder auch ein wenig anders – haben im 12. und 13. Jahrhundert viele reiche Adlige und Kaufleute gedacht: sie bauten alte, zur Verteidigung gedachte Wehrtürme um oder errichteten neue Gebäude. Diese dienten zu dieser Zeit meist jedoch nicht mehr der Verteidigung, sondern immer häufiger der Demonstration der eigenen Macht. Es galt: je höher der Turm, desto größer war auch das Ansehen der Familie.

Besonders bekannt sind die Geschlechtertürme von Bologna und natürlich die der toskanischen Ortschaft San Gimignano, welche deshalb auch „Manhattan des Mittelalters" genannt wird.

Aber besichtigt man einmal die Altstadt von Albenga, wird man durchaus zugeben müssen, dass das Attribut „Klein-Manhattan“ auch auf diese wunderschöne, ligurische Stadt zutrifft.

* Eine canna entspricht 2.5 passeti = 5 bracci = 2,91 Meter

(Anke Bernlieb)

LIGURIEN: Wie mag die Riviera früher wohl ausgesehen haben?

Die Pflanzen, die heute das Bild der ligurischen Riviera und französischen Cote d'Azur prägen, sind eindeutig die Palmen. Diese wurden aber erst Mitte des 19. Jahrhunderts hier eingebürgert. Ihre Urahnen stammen größtenteils aus Nordafrika. Auch die überall anzutreffenden Agaven, Orangen, Magnolien wie die verschiedensten Kakteensorten wurden importiert.
Dabei spielte der deutsche Agronom, Landschaftsgestalter und Gärtner Ludwig Winter eine wichtige Rolle. Er pflanzte dafür in den sechziger Jahren des 19. Jahrhunderts im Auftrag des englischen Sir Thomas Hanbury exotische Setzlinge aus aller Welt an. Damit legte er die Grundlage für die Gestaltung zahlreicher öffentlicher und in der Folge auch privater Gärten.
Wohl wissend um diese grundlegenden Veränderungen im Landschaftsbild der Riviera machte sich der damals hoch angesehene deutsche Botaniker Eduard Strasburger in seinem Buch „Streifzüge an der Riviera" um 1890 seine Gedanken zum früheren Aussehen dieser Gegend:

„Wie mag die Riviera ausgesehen haben, bevor die Cultur des Ölbaumes begann, als noch Palmen und Cypressen fehlten und der Wohlgeruch der Agrumi die Luft nicht erfüllte? Sie war bedeckt mit immergrünen Sträuchern, während dichter Nadelwald die Höhen krönte. Das Bild der Vegetation mußte ein ganz anderes sein; denn sein Aussehen war bestimmt durch Gesammteffecte, während der Charakter jener Landschaft, die wir jetzt für die italienische halten, auf dem wirksamen Hervortreten einzelner ausgeprägter Pflanzenformen und deren plastischer Sonderung beruht.

Wie bezeichnend für diesen Boden mehr als zweitausendjähriger Cultur, daß jene Gewächse, welche das Bild Italiens uns so lebendig vor die Seele zaubern, diesem Lande nicht ureigen sind. Sie kamen aus dem Orient, und ...entfalteten und veredelten sich auf diesem Boden.

Die Citronen und Orangen erhielten die klassischen Lande von den Semiten, welche dieselben ihrerseits von den Indiern übernommen hatten. Der Öl- und Feigenbaum, der Weinstock und die Palme standen bei den Semiten in Pflege, lange bevor sie als Culturpflanzen siegreich nach dem Westen vordrangen. Der Cultus des Lorbeers und der Myrte gelangte von Osten her über das Mittelmeer. Die Cypresse hat nicht ihre Heimath in Italien, sondern auf den griechischen Inseln und auf dem Libanon; ja, selbst von der schirmförmig ausgebreiteten Pinie, der die Rauchwolke des Vesuvs wie zum Vorbild dient, hat man, doch dieses Mal mit Unrecht, bezweifelt, daß sie eine echt italienische Pflanze sei.

Und als wenn andererseits auch der große Culturimpuls, welcher von der Entdeckung der neuen Welt ausging, auf italienischem Boden in typischen Pflanzenformen verkörpert werden sollte, brachte er diesem die Agaven, die stacheligen, hellgrünen Opuntien, die so gut zu dem felsigen Strande Italiens passen, als wären sie für ihn von jeher bestimmt gewesen, sind thatsächlich erst im vierzehnten Jahrhundert von Amerika an denselben gelangt.“

Streifzüge an der Riviera
von
Eduard Strasburger
Verlag Gebrüder Paetel
Urheberrechtsfreie Ausgabe
Nachdruck des erstmals 1895 erschienenen Reiseberichtes des Botanikprofessors, der neben der Beschreibung von Land und Leuten auch eine Bestandsaufnahme der örtlichen Fauna enthält, erhältlich bei Amazon Kindle.

Obenstehendes Zitat stammt aus diesem Buch.(S. 140 ff)